韩素音的月亮

[日]茅野裕城子 著

王中忱　金海曙　周颖 译

GUANGXI NORMAL UNIVERSITY PRESS
广西师范大学出版社
·桂林·

韩素音的月亮
HAN SUYIN DE YUELIANG

图书在版编目（CIP）数据

韩素音的月亮 /（日）茅野裕城子著；王中忱，
金海曙，周颖译 . —桂林：广西师范大学出版社，
2020.1
  ISBN 978-7-5598-2418-9

Ⅰ. ①韩… Ⅱ. ①茅…②王…③金…④周…
Ⅲ. ①中篇小说－小说集－日本－现代 Ⅳ. ①I313.45

中国版本图书馆 CIP 数据核字（2019）第 262833 号

广西师范大学出版社出版发行

（广西桂林市五里店路 9 号　　邮政编码：541004）
（网址：http://www.bbtpress.com）
出版人：黄轩庄
全国新华书店经销
湛江南华印务有限公司印刷
（广东省湛江市霞山区绿塘路 61 号　　邮政编码：524002）
开本：889 mm × 1 194 mm　　1/32
印张：5　　　　字数：120 千字
2020 年 1 月第 1 版　　2020 年 1 月第 1 次印刷
印数：00 001~10 000 册　　定价：42.00 元

如发现印装质量问题，影响阅读，请与出版社发行部门联系调换。

序言　身体的力量

刘震云

日本作家茅野裕城子的中篇小说集《韩素音的月亮》，1998年曾在中国出版过，时隔21年，再度出版，证明出版社判定，事到如今，这些小说，还会受到中国读者的欢迎；这些小说，经受住了时间的考验。

21年间，世界发生了许多变化。最大的变化是，人类的交流手段已到5G；永远不变的是人性。

文学的一大功能，是记录同时代生活的痕迹。有了《红楼梦》，我们知道中国的清朝人是如何喝水、吃饭、从恋爱到生孩子的；有了《源氏物语》和《哈姆雷特》，我们知道日本的平安时代和丹麦12世纪的人的行为和思维。茅野裕城子的《韩素音的月亮》，写到20世纪七八十年代北京的生活，那时最快捷的通信方式是BB机和传真机；茅野裕城子在文中还提到当时的流行动词是"打"，打开水、打饭、打字、打车，或打别的。"打"

这个词很暴力，但转身变为日常的多功能动词，用到生活的各个角落，也反映一个民族的消化能力。正如民国时代和之前的时代，"死鬼""挨千刀的"，是老婆对丈夫的日常称谓。多么经得起摔打的民族，才能把仇恨的词语，用到她最亲近的人身上啊。

文学更重要的功能，是记录同时代人对待世界的态度。其中，对性的态度，最能反映这个民族爱和恨的立场。除了性，还有食物。食色，性也。本来，食物为延续自己，性为延续后代；当人类的食物和性有足够的剩余价值时，它们又剥离出单纯的享乐和娱乐功能。当这种功能出现在不同民族的男女身上，他们之间会发生什么碰撞呢？这是这本小说集饶有兴趣所探讨的。

书中共有四篇小说：《韩素音的月亮》《淡交》《蝙蝠》《西安的石榴》。四篇小说中的人物，民族不同，从小生活的国度不同，因为偶然的因素相遇，或在北京，或在东京，或在纽约；但有一点相同，他们刚见面不久，甚至头一次见面，甚至言语都不通，马上发生了肉体关系。在情感和思想熟悉之前，身体率先熟悉起来了。你可以理解成身体开放，但旧中国的包办婚姻，一男一女，也是身体熟悉之后，感情和思想再逐渐见面的。世界转了一圈，在不同名词和习惯下又重合了。

"没有任何手腕、计谋、筹划、目的，白玉般的心地，很长一段时间里，专心致志地交媾。"——多么好哇，书里的主人公这么想。

"这是一个间隙。"茅野裕城子写道。

同时她又写到，性像石榴一样，"这么麻烦的水果，没法让人产生吃它的心情。"

比这些重要的是，茅野裕城子在书中提出一个哲学观念，即时间和相知的关系。中国人说，有几件危险的事不能做：德薄而位尊，知小而谋大，力小而任重（《周易·系辞下》），还有，交浅而言深……而茅野裕城子反其道而行之，相识多年未必相知，刚见面就能深入了解；用什么？用身体。她的意思是：这就是身体的力量，这就是物质和精神的关系。或许，我们在日常生活和哲学观念上，恰恰把它们颠倒了。

这也是这本小说集的价值。

2019 年 4 月，北京

新版前言

茅野裕城子

　　1979 年第一次去纽约，看到唐人街的特产店正在甩卖革命样板戏的明信片。那时候，为英姿勃勃的红色娘子军做背景的椰子树、白毛女透明的白发、《智取威虎山》主角人物毛茸茸的虎皮背心等突然闯入我的视线，惊愕之余，我在宾馆的房间里出神地凝视着这些图片。这究竟是怎样的一个世界？不明白，完全不明白。那时候的我想，自己一生也不会去中国大陆，这是和自己完全无关的另一个星球。不过，十多年后，不知什么原因，我却来到中国，来到北京，并在这里住了下来。

　　在此之前，我虽曾在世界各地旅行，却从没有只身一人在语言不通的外国生活的经验。我只是默默地在中国生活，睁大眼睛观看改革开放带来的日益变化。《韩素音的月亮》就是那时写的作品，其中出现的北京风景和现在的北京已经大异其趣。现在的北京少年，有的可能那时还不记事儿，或者还没出生。那是中国哗啦啦地转变为现在这样令人惊奇的国家之前，各处都还留有现代化之前农耕社会的最后印记，庶民的生活样态、恋爱和结婚的概念、电视节目的内容，都让从日本经欧美而来的我惊讶不已。

在费里尼任编剧的电影《罗马，不设防的城市》里，在到处布满古代遗迹的罗马市街之下掘进的地铁工程中，有一天，挖掘现场浮现出了精美的古代壁画，但壁画一和外面的空气接触，顿时消散殆尽。现在想想，那时候我在北京的生活，也许就是一个局外人所看到的在眼前瞬间消失的景象。

我有时候会想，比如小说里出现的"打开水"，这个词语现在还在使用吗？现在已经不需要"打开水"了，连找到那种鹿牌暖水瓶也不容易了吧？摁一下桌上电热水器的开关，这样的动作能用"打"这个动词吗？等等。

我现在已经离开中国，但在克里米亚、吉尔吉斯、哈萨克等前苏联地区旅行，还会经常遇到没有电梯、楼梯破旧的五层住宅楼，那时候，心里便会很奇妙地怀念起20世纪90年代的中国。

《韩素音的月亮》是很常见的因误解而产生爱情的恋爱小说，如果被当作一个属于"西方"的人努力想要接触"东方"的依依之情来解读，我会感到很高兴。

《淡交》和《蝙蝠》这两篇，是有关80年代在纽约和东京的亚裔人的故事，是我住到北京之前，在美国经历的最初的"亚洲体验"。那时，那些地方还没有多少从中国大陆来的学生。这样想来，这两篇小说，也可说是录存了徘徊于那一时代那一场所并

不断变化的亚裔人的身姿和形象。而《西安的石榴》则是 2000
年以后发表的作品，和《韩素音的月亮》有一定的连续性，我的
另外一部小说集收入了这篇作品并以此为标题。

《韩素音的月亮》获得集英社的《昂》杂志文学奖时，担任
评审委员的濑户内寂听女士褒扬说："虽然描写了性，但不让人感
到污秽。"在祝贺获奖的宴会上，濑户内女士讲到她在战争时期
生活于北京的经历，结婚、生子，坐着人力车赶往西单医院，等
等，让我惊讶不已。晚年的李香兰（山口淑子女士）也说读了
我的作品，并向我讲起她在北京生活的往事。还有活跃于德国和
日本的作家多和田叶子也评价说："这篇小说，不仅仅写了语言
沟通的问题，还表现了所有的恋人在恋爱初期的不安和对对方的
误解。"

《韩素音的月亮》中文版初版发行时，曾在北京紫竹院一个
类似文学沙龙的场所举办过出版纪念会，莫言、余华等多位作
家出席，让我感到特别紧张。莫言先生特意写了发言稿，让我非
常感动。现在，承蒙广西师范大学出版社的盛情，特别是多马先
生和杨广恩先生的关照，《韩素音的月亮》中文版得以再次出版，
更让我高兴不已，谨向他们表示由衷的感谢。

（王中忱 译）

目　录

韩素音的月亮

王中忱 译

"语言不通……"丑丑的字潦草地写在了那张纸上，那男人微歪着头，又继续往下写：心，然后又是一个字：急。"心急"，究竟是什么意思？"语言不通，心急。语言不通，心急。语言不通，心急。"语言，要是颠倒过来，就是言语[1]，啊，明白了，话语不通，心脏跳动加快。对，准是这意思，可能是这意思。也就是说，尽管话语无法沟通，心可是扑通扑通激动不已。要是巴西人，就会恬不知耻地死死盯住对方，说："我爱你[2]。"变成中国话，就是这么一句呀！

啊！他是在勾引我呢。一个刚刚见面话语不通甚至连名字都不知道的女人，他就动心思写字勾引？这么一想，不由得有些感动，自己也激动起来，心情真好。

园子品着味道浓烈的红色鸡尾酒，开始了今年的告白。我默默地听着，喝着白兰地掺果汁。不知从什么时候起，这成了我的

---

[1] 言语：日语词，意为"语言"。
[2] 原文为葡萄牙语。

习惯，不管工作怎么忙，也不管男人怎么不满，每年正月，我都要在东京等待园子从世界某地飘然归来。这到底是为什么呢？我自己也不清楚，虽说在为数不多的几个女友中，园子是很珍贵的存在，但其实也算不上特别亲密，并且，园子和我在一起的时候，她也从来没有要听别人说话的意思。一年里，不过是她从意想不到的地方寄来几张明信片，或者我去欧洲时见一面，然后便是正月的东京相会，仅此而已。可是，如果分别的日子稍微久了，我却会强烈地渴望见到她。

姑且不说这些，对于女人的小小狡黠，我是非常敏感的，稍有察觉，甚至会把以前曾有的一些很少的交往也搁置起来。园子可能是属于没什么心计的，观察了多少年，都没看到，没有。这可能因为她现在天涯孤旅，过着遗产继承者的优雅生活，但也不能说这是唯一的原因。园子一旦朝向一个什么目标（多数是男人）的时候，一切心计都会消失，而变成一个纯粹的欲望体。但如果谁要因此以为她喜欢性行为，那我可以回答：绝非如此。性是方法，但绝不是她的目的。

记不清是哪年的正月了，在一个散发着八十年代气味的地下酒吧，园子突然很高兴地说："真的，最近发现的，早泄的，有时居然感觉特别好。"她的声音在冰冷的灰色墙壁上回响，酒吧里为数不多的客人都看着我们。可是，我们一点儿也不觉得羞耻。和园子谈论性的时候，我们总是陷入错觉，觉得是在严肃地讨论别的，比如人生重大问题之类。在这种时候，园子的话斩钉截铁，像筱田桃红[1]说夏天的壁龛无须挂条幅而应直直地打上一道凉水一样有说服力，所以，我并没有认真考虑早泄好还是不好，就点头回答："嗯，可能是这样吧。"而就在点头的时候，一个念头突然闪过：对于园子，大概我只是一个点头称是的存在吧。过上遗产继承者的生活以后，园子以往的工作热情顿然消失，又不想成立家庭，恋爱事件就成了她日常生活的全部内容；如果一定要我说喜欢和点头肯定的是什么，可能就是园子的"女人味儿"吧。

可是呢，等到听懂一点儿简单的会话之后，我愣了，原来在那个国度里并没有那么浪漫。语言不通，心急，不过是说：话语不通，心里着急。从最初的最初，就理解错了……那个男人，肯定觉得我这个日本人，也可以说外国人吧，挺有意思的，搭个话怎么样，就是这样很一般的挑逗。而我这个傻瓜，却以为是一见钟情，陷入热恋了。当然了，如果说一句"这也是常有的事"，本来也可以收场，但这回却难堪了。要是话语能沟通，一谈就明白，这次是一句话也沟通不了，该怎么办才好？

去年正月见面的时候，我还在巴黎住着呢，来东京不久就顺道飘到北京去了。你见过金吧，没见过？我的老朋友，韩国的朋

[1]　日本现代著名书法家。

友，多数都叫金，但我的这位金，可是一个古怪的家伙。为了研究什么陶瓷，住在北京，跑了很多城市。金邀我说，好久不见，怪想念的，来玩玩儿吧。我呢，想也没想，就坐上了飞机。二月里，刮皮刮脸地冷，到处都噼噼啪啪闪着静电的火花。在机场，呼吸到降雪之前的沉滞空气，我已经后悔此行。但金戴着海獭帽子，正站在聚集着敲诈顾客的出租车的大厅里微笑着招手。我从口袋里掏出在成田机场买的沙拉油给她看，她非常幸福地大笑起来。

出租车奔驰在暮霭朦胧、狭细的田间小道上，可以看到远处的羊群、令人感觉寂寞的路。"咱俩那次不是从巴黎去柏林了吗，回来的时候，飞机降落在戴高乐机场，本来是熟悉的风景，但那时却让人感到特别清寂，所以我固执地说，这是旅途中德国的一个什么城市。还记得吧。"眼前的风景就跟那时候一样，冬日里一片冷清的农地，很难相信这是一个国家首都的机场。没有一点儿亚洲气氛。

金的住处，在学校里边。在中国，好多人都住在校园里。在学校工作，下班了，就回到校园里的宿舍。有的人，从恋爱、性交，个人的私生活，甚至一直到死，都在一个单位完结。够无聊的了吧。并且不光是学校，大多数工作机构都是这种制度。不过那时候我还不知道。像我这样讨厌学校、没过过集体生活的人，想象一下校园里有那么多人性交，觉得挺不道德的，嘿嘿嘿。

到了金的学校，天已经全黑了。我说要住宾馆，金说："算了算了，住学校招待所，可有意思了。"硬把我领到她住的一座旧楼房。"哎，晚饭，去食堂吃吧。"金用力扯着我的手，仍然戴着海獭皮的帽子，在黑影里走在前头。金的帽子没准是貂皮的，在黑暗中闪着光亮。为了那些什么陶瓷，金首先要学习中国话，因此从东京迁到北京。她在东京住了十多年，但要说她的日语因此就很流利，却满不是那么回事儿。很简单的单词，她会满不在乎地说错，特别可爱。金的日语的语调，满载着她在日本生活的一切。就是这个金现在在学中国话。她最初说中国话，肯定也和她的日语一样吧。

据金说，她的学校使用的旧课本里，有一些自己一生中从未使用过的词语，如同志、宿舍、食堂、饭票、水房等，好像都有非常重要的意义。"比如说'打'这个字吧，当动词用，有很多意思。咱们现在一起去吃饭，就叫打饭，一会儿顺道去那个排着热水龙头的小房子往暖水瓶里灌热水，那呀，叫打开水。哎，对了，开水，就是热水。可是开头我可不知道，还想，把水打开怎么就是热水了呢？"金一边走一边喋喋不休地说。怪不得她提着暖水瓶呢。但是，为啥不在自己的房间里烧热水呢？我跟在金的后面，内心暗问。没有路灯，漆黑的校园中央大路，让人觉得怪怪的。路上的人多得摩肩接踵，在暗影里愉快地喊着笑着一起去"打饭"。他们说的话，语调都蹦蹦跳跳的，语尾部分使劲地向上跳。"哎，金，那些人说的不是中国话呀，一跳一跳的，好像要跳回到拉丁语国家去。"

"是呀，这里是培养少数民族干部的学校，学生大都不是汉族，有西藏的、内蒙古的，从新疆来的特别多。语尾毫不费力就挑到高八度的，那准是说维吾尔语的孩子。"少数民族，翻译成英语，这里的人们，不说 MINORITY，而是说 NATIONALITY [1]。

"可是让我吃惊的，还不止这些呢。"金继续说："这个学校中国语的第一课，是关于中国五十多个少数民族的介绍。其中的一个，竟然是朝鲜族。你看，按这个国家的概念，我也成了少数民族出身了……这一惊可吃得不小，和在日本、美国的体验完全不同。"金使劲地向我介绍。

穿过维吾尔族食堂和回族食堂，就是朝鲜族食堂，金在那里用母语点了菜，于是端来一碗辣白菜加炒饭。热乎乎辣酥酥，特别好吃。"明天，有个中国人，具体是谁，不太清楚，举办一个什么'艺术家沙龙'，咱们顺便去看看。"金一边夹起一片不知什么肉片，一边说。金的精神头儿很足。

附带说一下，所有来食堂的人，都把暖水瓶放在了地上。为什么呢？因为饭后要灌满热水带回房间。关于热水的看法，也被改变了呀。以前我毫不怀疑，以为世界上所有的人早上擦拭睡眼起来后，首先要往壶里灌满水，然后点着燃气。到这儿头一回听说，每个房间里并没有燃气，人们是用晚上带回来的热水来喝起

---

[1]　MINORITY：少数民族；NATIONALITY：民族性。

床茶。不过，这说法也不过是金的臆测。其实，人们是在入寝之前，往热水里兑上凉水，用来洗脸洗脚。没人像金那样，早起不喝咖啡就不能活。又不是老爷爷，不需要早上起来就喝茶。把热水倒在洋瓷盆里，用来擦洗身子，然后泼到水泥地上，在这个极其干燥的地方，这样可以保护皮肤，可以说是一石二鸟。这是好久以后，一位英语很好的女孩子教给我的生存方法。后来呢，暮色里抱着两个暖水瓶打开水的男子的高大背影，曾让我停住脚步，呆呆凝望着出神，真有味儿。

　　第二天，金戴上帽子，没错，是貂皮的，又披上俄式大衣，叫住路上的出租车，给司机看了看写着中国朋友地址的字条。"以前你想在街上随时叫到出租车，那几乎不可能，现在的进步可真够大的了。"金非常满足。拉达牌，什么地方产的车？不知道，东欧吧，或者是俄罗斯。那也够破旧的了。"这铁格子是什么，好像被装进猪笼子里头了。""你呀，太奢侈了，这种出租已经算高级的了，我还坐过被叫作面包车的天津大发牌箱型车呢，像坐马车一样摇摇晃晃。"已经一半儿中国化了的金批判我说。隔开司机和后面座位的铁格子的前方，是淤积着浅墨色的沉滞的天空。那是供应许多家庭暖气的煤炭燃烧的结果。偶尔有光线照射下来，空气里，确实可以看到有损健康的物质在飘游闪烁。
　　乍一看，觉得这里的街道和东柏林极其相似，那些集体住宅简直像是同一个人建造出来的。设计绝对缺少个性，但奇怪的是那外观也说不上整整齐齐，清扫起来将很不容易。此外还有一些高耸林立看上去经受不住地震的新楼群。出租车靠近其中一座楼房，在一个像小学生习字似的用红漆随意写着"三单元"的门口，出租车停住。

这座楼的半地下室，是一位建筑师的工作室。穿过两边排列着一些房间的回廊，终于到了我们的目的地……本来还是上午，室内却很暗淡，点着一个电灯泡。人们正围着一个长方形大木桌在讨论什么很严肃的问题。"哎，你看，可能走错地方了……"金对我小声说。但还没等想好该怎么办，我们已经被介绍给了金的朋友们。金是韩国的装置艺术家（这大致不错），而年轻时候写过几首诗的我，则成了了不起的日本诗人。是呀，昨天金是说去参加"艺术家沙龙"的呀。自称是艺术家，开沙龙，按常规说起来都是很让人害羞的事儿。这就是这里的国情吗？还是……我凝神一看，果然有，黑色的高衣领，长长的头发，梳着二十多年前的那种让人倍觉亲切的中分头型，那准是个画家。在他身旁，一位头发蓬乱、脸色难看、好像正在谈论中国艺术的未来景象的老人家不知道是什么人。而谨慎地坐在后面角落里的似乎是报社或杂志编辑，那么他应该也是个作家了？横头那个学生衫，是个青年诗人？

"哎，不知怎的，这房间很像是秘密地下室，真有意思。只要用日语，说什么都没关系。"金说，她也在用好奇的目光观察这里的情形。人都干巴巴的，桌子上摆得很漂亮的水果、点心也涩了吧唧。中国的老电影里，给灶王爷的供品不就是这么摆的吗？凝神望着那些供品般的橘子、西瓜和供品四周的瓜子、不会好吃的饼干，突然撞上了桌对面一个男人直直盯过来的目光。毫无顾忌，直直的目光。被人盯了，就盯过去，放出绝不输于对方的能量回报。这不是谁教的，这应该是女人最自然的本能动作吧。这样做的时候，觉得是在使用自己作为女人的最善良的成分，精神变得特健康。住在欧洲所以心情好，我想，可能因为那里的视线主要是由男性女性相对而构成的。而现在的日本让人感到窒息，则是因为视线里总掺和别的因素。工作干得来干不来呀，心眼转得快不快呀，这些对我来说本来微不足道，但在东京，没谁会同意我的这些落后于时代的想法。

那男人的视线很强烈，有的部分却很阴暗，但最有特色的是其中的男人味儿。

糊里糊涂当中，不知为什么，金突然陷入非发言不可的境地。今天会议的主题是"艺术家在中国新兴建筑中应发挥的作用"，金身旁的朋友用英语催促她就这个问题发表看法。无法推托，她以不亚于任何大学者的稳重，大言不惭地谈起城市规划的重要性。我听着，同时提心吊胆，担心轮到我。运气还好，到了吃中午饭的时候。

很多很多的菜，还有温吞吞的啤酒、烈性白酒，都搬到了桌子上。人们一边吃一边热烈地交谈。在东京参加聚会，贪婪地伸手夹菜是不礼貌的，可在这儿，完全无须那么想。金不知消失到哪儿去了，我转来转去茫然失措。这时，刚才的那个男人从身后递过一个橘子。脸上浮现的微笑流露出对自己行为的羞涩，他把橘子放在了我的手里。

我偏过头去说谢谢，又用自己知道的一点儿外语问他是做什么工作的？没有反应，难道是故意开玩笑作弄人？我用英语问站在身旁的金的朋友，那男人用中国话向金的朋友回答，说自己是舞台导演，只会一点儿俄语。然后向我苦笑。我也对金的朋友说，我是到金这里来玩儿的旅行者，昨天有生以来第一次踏上中国大陆，中国话一句也不会。说完，我也做出为难的表情给那男人看。"住到什么时候呢？"男人问金的朋友。"过几天就回巴黎。"我回答。又不是谈生意做买卖，却要通过翻译对话，让人觉得怪怪的，挺不自然的。这时，金的朋友不知听到了谁的招呼，说了一声对不起，就走过去了。

突然，有生以来从未经历过的沉默，沉重地在一对互不了解的男女之间弥漫开来。每一瞬都那么漫长。这时，那男人不知想起了什么，一把抓住我露在开司米套装袖口外的手腕，走向没人的走廊，把我领到一个小屋子，取过笔和纸，写下了丑丑的潦草的字。

"语言不通，心急。"话语不通，真的，心里着急……可是，浪漫过度的我，却自以为是地把那意思理解成是心激动得扑通直跳，能不双眸流彩般地点头答应吗？那男人仍然继续写着暗号似的字，然后和刚才给我橘子一样，把纸片团成团儿，放在我的手掌里握好，就转身走了回去。

打开纸团儿一看，完全不懂什么意思。"明天有空？下午三点，××饭店见面！"明亮的天上有个空？尽管我被说成是诗人，但我想这绝不会是诗。那么，什么意思呢？下面的"三点"，也不明白。前面写的什么饭店，可能是餐厅，但日语里没这样的汉字，不认得。以前听说，在中国用笔写汉字什么意思都能沟通，那时就觉得可能是瞎说，果真如此，根本不通。趁金没看见，我赶紧把那纸团儿悄悄塞到口袋里。

不管怎么说，那男人土里土气的芥色毛衣和呆板模样确实引起了我的注意，还有很像明治时代日本男人的短髭。不光是他一个，我感觉，今天这些自称知识分子的人的共同点就是短髭。各式各样的短髭，哪一种都在凸显着自己作为堂堂男子汉的特征。

回到住处，和金吃过一种叫羊肉泡馍的莫名其妙的盖饭，不知为什么，没好意思对金说出真实原因，而假说明天要一个人出去逛街，朝她借了词典和初级汉语课本，坐在招待所房间的小桌子旁，拼命地解读那个连姓名都不知道的男人留下的字条。

快天亮时分，谜终于解开，浑身也累得瘫软。我简直是个傻瓜。字条的意思，概括说，就是"如果明天有时间，下午三点在××饭店见面怎么样"。这可真是一个奇人。无论什么国家，男人和女人（男人和男人也一样）交友的办法大体都差不多，可是，他竟然要和一个话语无法沟通的对象约会，在这个人口最多的国家，也该算相当出奇吧？好事之徒，纯狂！

　　事情确实如此，可是呢，我也同样是个傻瓜呀，过度浪漫的性格。让淋浴喷头的水蓬蓬地随意四溅，用鼻子哼着新倾向音乐曲调[1]，我左思右想，最后的结果，是把那男人字条上潦草的××饭店四个字撕下来夹进笔记本里。叫住路上跑着的出租车，给司机看看，肯定会把我拉去的。我也同样是个不肯甘拜下风的好事者。而真正的理由呢，是我觉得，那短髭如果挨到脖颈皮肤感觉肯定特别特别好。就这么天真，但不管怎么说，我确实有一种甜蜜得要窒息了的预感。

　　"结果，发生关系了吗？"园子无疑是摆着架子得意扬扬地在讲，而我也借着白兰地的醉意直言不讳地问。

　　"发生了呀，那当然是要干的吧，发生了。就是呢，那是不能不干的呀。"园子细啜慢品地把杯子里漂浮起的草莓片喝了下去。

　　出租车停在一个让人感觉灰突突的宾馆前。所谓饭店，真的不是餐厅而是宾馆？我一边自问自答，一边走进去，而那男人果然在那儿等着呢。脸上的笑容好像显示着这样的自信：哦，到底

---

[1]　20世纪50年代流行于巴西的一种新潮音乐。

来了……他还穿着昨天那件芥色毛衣，但下身今天是牛仔裤。牛仔裤在中国可能算是一种流行的打扮吧。这些想法在我的脑子里空转，真的，跟这个人在一起，我的脑子总是不停地空转。

手腕又被紧紧握住，踩着留有果汁和茶水渍痕的脏地毯，沿着走廊啪嗒啪嗒地向前走，最后被领进一个房间。这是一个宾馆，但看不到一个外国人。准是个比较差的宾馆吧。房间里的椅子和床上落满了灰尘，好像这人就住在这儿。像在写什么东西，是在这儿办公呢，还是关在这儿写作？

话语不通的状态真难过。说完你好，他就沉默了。我当然也不知怎么才好。昨天金的朋友翻译说他是舞台导演，现在在准备着什么呢，桌子上摊着的稿子是什么呀？正常的情况，这些本应该是流畅而自然的对话，现在都流淌到眉间就停住了。喝点儿茶吗？因为是宾馆，杯子和茉莉袋茶都是现成的，他给我泡了杯茶。

可是很奇怪，他自己喝的却是别的茶。可能茶都是一样的，但他用的是速溶咖啡瓶，里面放进茶叶，倒进热水。那茶瓶已经放了好久，茶已经凉了。咖啡瓶外面罩着一个网眼编套，不必说，是他珍爱的用品。我的视线都集中到了那个网眼编套上。明明白白，那是手工编织的。对了，在中国，女人准是都给恋人或丈夫编这种东西。男人外出的时候随身携带，喝茶的时候，会让别的女人情绪不快。可能就是这么一种方式吧。

　　一边喝着人工炮制的味道极浓的花茶，一边尝试笔谈。可是我不认得他写的字。语言不通，心、急。光是这几个字还好对付，越写下去，不认识的越多。汉字本来是中国的吧，所以我一直相信，中国的汉字从古到今就没变过。可是这个人写的，是一个个简略而又简略、字形难看、说是叫简化字的东西。用金的话说，这是五十年代末为了提高识字率而在大陆普及的，从使用的人数来说，现在似乎已经成了汉字的正统，但我不知道，从来没看过。现在我看到了汉字变化的幅度这么大，不仅生不出解读的欲望，心情反而冷了下来，觉得是在接受一个怪物。

　　心簌簌地冷缩下去，情欲一点儿也起不来。这期间，著名的摇滚乐队南十字星座来到了北京，首都体育馆正回荡着"爱情不是词语，只是两个人的STORY"，绝倒一时。但那简直是胡说。我踢翻了椅子。和这个男人见面的瞬间，我已经确信，爱情其实就是词语。男人和女人相互迷恋、吸引，本来只要紧紧偎依在一起就够了；可在单纯的恋爱初期，首先还只能是词语对词语。不管多么深情凝视，你，总是有那么一个障碍吧。

　　那时，那男人突然嗫嚅地说："YOU BEAUTI——FUL。"他的手上有一本袖珍中英小词典。是啊，两人都同样着急着呢。嗯嗯，单纯的我甚至没有介意他的英语没加动词（不过是把"你漂亮"这几个汉字直接改换成英语单词而已），就按照自己的心意去理解，而当手腕被紧紧抓住的时候，一种类似情欲的感情油然苏醒。啊，这是命运，当然是小写的命运，但可能也是无法回避的，我的心一横，静静地向那早就想感受感受的胡髭挨近。

　　关了灯，拉了窗帘，屋子里当然一片漆黑。但这时候，我觉得自己是置身于有生以来从未经历的最黑暗的黑暗中。毫无共同点形同异物的两个人，为什么要干这么亲密的事儿？平常所说的发生关系，首先应该从双方了解这一前提开始，我们的关系，却什么前提都没有。但是，但是，无论什么关系，开头不都是荒唐无聊的吗？……这或许该算是没有对象的行为吧。在双重的黑暗里，这些念头不停转动，算了，够烦的了。在黑暗中闭上眼睛，嗯，果然，那胡髭跟想象的一样，稍稍有点儿疼，脖颈、手腕、被触摸的部位，皮下组织一点儿一点儿软化，哎，真好。这么简单。当看到从日本带到外国的电器也照样能用的时候，就是这种安心感吧。连变压器也用不着。啊啊，是这么样的呀，好，真好，果真进行得顺利，人的身体。太激动了，这么充满紧张的快感，你以往体验过吗？

　　那男人又穿上了芥色毛衣，下身却换了条街头小痞子穿的那种绀色哔叽裤。穿裤子之前，他从刚才的牛仔裤里抽出贴身短裤。防寒完毕，接着轻轻地把 BP 机夹在皮带的卡扣上。那卡扣上带着我从未见过的金闪闪的商标。刚才"哔哔"响过好几次的，就是这东西。BP 机，在这里也算是一种装饰呢。看了看那上面的显示，男人开始打电话。奇怪，刚才一直没有电话来。打过几个电话后，男人往纸上写了两个字：×饭。第一个字不认得，但除了吃饭去，不会有另外的意思吧。已经踏入了由想象和误解支撑的关系，你无法退出；况且肚子也早已经空空荡荡。

涮羊肉，那一刹那的幸福味道。想不到人在吃饭的时候即使不说话心也能沟通。香菜末、葱末、看上去很辣的红色液体、胡椒调料似的东西，都端了上来。男人先把甜蒜瓣儿放进嘴里，像吃西餐泡菜似的，那样子像是说，好吃呀，尝尝！辣韭一样酸辣。两人眨眼间就嘎吱嘎吱吃掉了一头。他往胡椒酱上加了很多香菜，还有那红色的油汁，好像要我也照着样子做。这时候肉也来了，还冻着，他夹起一片儿，表情在说："我喜欢这么吃。"我也学着他的样子嚼。薄薄的羊肉片儿，让人想起冻鲑鱼片 [1]。男人的面包车把我带到的这个地方，在北京的什么位置，完全不清楚。我最喜欢的是到达某个城市的最初的那几天。在左右都分辨不出的空间里我是怎么移动的，事后努力回忆，却怎么也想不明白。这是一种既无记忆也没责任的彷徨状态。两人如兽，把筷子伸向第二盘儿羊肉。狭窄的饭馆面临矗立着街树的马路，门外有自行车、崭新发亮的大卡车和破旧的出租车通过。无论哪种车都走得慢吞吞，最慢的是那种竹板三轮车，上面满满摆着沙发、穿

---

[1]　涮鲑鱼片儿，是居住于日本北海道的阿依努族的一种传统吃法。

衣镜之类，微微倾斜缓慢移动的镜子像科克托[1]的电影，镜头里映照出的中国男人和日本女人，在热气朦胧的玻璃里，非常轻松地涮着火锅。啊，如果这样的时间能够停止，即使什么也不说，只要能够永远这样一起吃下去。

可是，礼拜五有空？笔谈重新开始，宣告了宁静的时间结束。话语不通，想约定下次见面时间也不容易。礼拜，不懂……礼拜五……下面的字明白，不就是有没有时间的意思吗。

男人没辙，只好又改写成"星期五"。啊，这我懂。昨天晚上读的金的会话课本里有。星期五见面，对，明白了。夺过男人的笔我赶紧接着写了下午三点。如果他指定了别的时间本来我也有时间，但我却可能把字认错。嗯，男人点头同意后，要过笔继续写：名字。嗯，我的姓名。是呀，还没告诉他名字呢。我仍然用男人的笔"唰唰"写，连巴黎的电话号码都写给了他。男人满脸笑容地叫我 Yuanzi，园子[2]，用汉语发音，就是 Yuanzi 呀，我觉得这新名字像是他送我的礼物。男人也把他的名字写给了我，但有的字我不认识，真凄惨。啊啊，我在干什么呢，喝干了温吞吞的啤酒，我是不是醉了？这感觉。而一轮大得惊人的满月"砰"的一声浮上了天空。

---

[1]　科克托（Jean Cocteau，1889—1963），法国现代主义诗人、小说家，在戏剧电影方面也做过创新性实验。

[2]　园子，日语发音读作 sonoko。

　　就这样，直到回巴黎的前一夜，我都没找到机会向金讲述和那男人的两次相会。金和我们不一样，她可以长时间真诚地爱一个人。我的过于唐突的故事不好对她说。但是，在金的房间里，那晚我们一直聊到深夜。

　　"哎，金，你不觉得奇怪吗，到现在为止，不管走到哪儿，遇到什么样的人，只要用自己知道的一些外语单词说话，基本意思总是能通的。对方说的话，即使开头不懂，认真听一会儿，慢慢也会懂的。可是在这儿可不行，全都不明白。甚至那些所谓的知识分子也不会英语，这是为什么呢？"我来北京，本来不是因为对别的什么东西感兴趣，我只是来看金，来玩儿的，可是到了这儿之后我竟然好像离不开了，这到底是怎么回事儿呢？真是越搞越糊涂了。

　　"我在这儿刚住下的时候和你的感觉一样啊。可是，渐渐地我觉得，是不是我们自己的世界所规定的东西有偏颇呢？这儿的人们，虽然和重视最漂亮最时新最香甜的我们处于相同的时间里，却是以完全不同的方式生活过来的，一切都不同，可以说是理所当然的。没必要用英语说话。可能一直是这样。"

　　"小时候就听人家说过铁幕，从打听到这个词儿的时候起，好长一段时间里，不知为什么，我一直觉得在日本海的上空垂着厚厚长长的铁帘。那是绝对无法跨越的。而在那前面，好像存在着比宇宙还遥远的另外的世界。那时候我想，我这辈子肯定不会到那地方去，那里和我是无缘的。我当时想象中的另外的世界，说不定就是这儿呢。"

"早先这里也算是你说的那世界的一部分吧。我是在韩国出生的，是在连对'红'的颜色都害怕的恐怖感中长大的。从来没想过自己什么时候会到中国生活。有一次去欧洲，路经莫斯科的时候，我连往下看一眼都不敢，这是真的呀。"

"那么以后呢，金，你打算怎么办呢，回日本，还是在这儿住下去？"

"不知道。还没学会中国话呢，决定继续在这儿停留一段，还有一个去西安的计划。"

接下来，金突然说起了她祖父的故事。我在学校不是学历史的，自己也懒，本来嘛，历史也不是我的擅长，社会性特别淡薄，这是我和金唯一的共同点。哦，关于日本，金可能学过一些，关于中国，就和我一样，一无所知了。

因为是这样的两个人的谈话，所以，什么时候的事情，什么内容的事情，焦点全都模糊不清。嗯，总而言之，是很久很久以前（金说是战前），金的祖父在上海参与了一个什么运动。有一天，留在首尔的祖母接到祖父的信，说运动需要资金，希望祖母带到上海来。祖母去了，发现祖父已经和一个上海女子建立了新的家庭。把冒着生命危险带来的资金交给祖父，祖母回国，把自己的余生全部贡献给了天主教的一个教会的建设上。所以说，在这片大陆上，说不定什么地方存在和自己血缘相连的人呢。最后，金这样结束了自己的故事：一直到死，我的祖母也没有抱怨过祖父一句。

金的祖母的故事深深铭刻在我的心里。回到巴黎以后，在贝尔维尔的中华餐馆吃面条的时候重新回想起来，我还感怀不已。

在我看来非常了不起的，倒不是金的祖母到死也没有抱怨过祖父，而是这件事情通过金的妈妈或爸爸传到金的过程，是金家族里的某位一直认真地注视着祖母的一切，然后又把它像传奇故事似的讲给金听的过程。还有作为祖母最后一个嫡系子孙，金对我讲述这一切时所显露出的自豪。

回到巴黎以后，不知不觉地往贝尔维尔和意大利广场[1]的中华餐馆跑得勤了。不必说，回忆起来的，并不只是金的祖母的故事。结果招致男友的抗议，说再也不想吃中国菜了，但即使独自一个人，我也还是照常在意大利广场的饺子馆，一边吃饭一边呆望着街上来往的行人。每逢有和那个北京男人相似的亚裔男人走过来，我突然就会"心急"起来。这一带，不光是华裔，也是亚裔面孔汇集的地方。虽说在巴黎住得也算很久了，但以前一直没有留神，现在呢，越看越明白了，南方人和北方人不一样，那个北京男人，北方男子的脸庞，还有体形，高高的个子，自尊心很强。胳膊粗壮而且粗糙，皮肤却像女人一样白皙光滑，一根硬毛都没有。光是他自己这样呢，还是中国男人共同的特征？对话的

---

[1]　这是亚裔人在巴黎经常聚集交流的两个场所。

机会极其少，他是什么样的声音，已经想不起来了。可是，和性有关的却连细节都记着。他记得我的什么呢？有一点可以肯定，关于他我什么都不知道，而关于我，他更是一无所知。

突然来了传真。早晨，还在半睡半醒的时候，"滋滋"的声音，我想，准是从东京来的吧，起来一看，却是那个北京男人。用英文写的："特别想再见到你，请再来北京！我哪都不去，一直在这儿。"在喜悦之前，我首先想到的是，这样的内容他是请谁代笔写的？这么一想，觉得又滑稽又可爱。摸着刚刚印出来还热乎乎的传真纸，突然想起来一件可笑的事情：那是平生第一次接到传真的时候，傻瓜的我竟然以为那传真纸是通过机器传送过来的呢，一边抚摸着一边说："啊啊，你好啊，一路辛苦了。"可打那以后，因为接到传真而高兴的事儿，一件也没有。有位朋友要去巴黎，请你见一面啦；税务代理人的预约啦；全是让人头疼的事。说真的，今天是头一回觉得装了传真机真好，应该感谢感激。两个话语不通的人，打电话实在是太难了。把软软卷曲的传真纸贴在脸颊，虽然很微弱，但这是横渡欧亚大陆奇迹般来到巴士底公寓的那位男人的心血来潮和一丝柔情，又软和又温暖。

再次走进破旧的北京机场的时候，抢先来迎接我的是毛絮。本来我很喜欢机场里的味道。可能因为是建筑简易吧，规模很大的新机场，都散发着同样的味道。但是如果说空旷的封闭空间装上空调后都是这味儿，却未必如此。比如棒球场之类，就绝对没有。这是由人的移动创造出来的气味。在东京青山街的纪伊国超级市场，乘上电动扶梯，不知为什么，总觉得有一种机场里的味道。每次我都用不惊动其他客人的动作，静静地嗅嗅。北京机场里没有纪伊国的气味，因为没有封闭。那证据呢，就是这些毛絮，居然大摇大摆地穿过安全检查来到查验护照的窗口。岂止如此，还沾到人的眼睫，直往鼻孔里钻呢。

第二天见面的时候，男人写给我说，那白色的毛絮叫柳絮。但在机场的时候我一点也不知道那是什么，找到金之后走出机场一看，漫天飘的全是。这种东西以前只在斐利尼导演的电影里看到过（但那也许是别的什么），没想到现实中还真的有这样的风景呀！我禁不住嚷了出来。从机场出来，在那荒凉的路上，金说出了一个爆炸性的消息：到底还是住不惯学校，金已经搬到一座公寓式宾馆里了。在巴黎给金打电话时她曾经告诉我，房间里有两张床，高兴的话随时搬来住好了。可是她现在又说，原来筹划的一个方案突然决定了，要去西安三个月，这期间整个房间都转借给我。我说让我考虑一下，巴黎的猫呀，公寓的房间呀，倒是可以请临时的男友照看。但金根本没在意我的回答，不容置疑地说，已经决定了，明后天她就出发。

园子，你大概不知道吧，北京的住房可紧张了。在中国，只要是外国人，就被看成是有钱的主儿，随时随地都挨敲。作为外国人在这个国家里，只意味着每天都受损失。给外国人商务办公用的大楼，看起来内部装修很漂亮，其实像情人旅馆那么简陋，偷工减料的施工，说不上哪天就倒塌，样子和东京、纽约差不多的公寓宾馆就更糟了，可是租金呢，和欧美一样。有留学生身份，本来可以住在学校，但毕竟是大人了，住长了还是受不了。对外国人来说，方便、租金适中的住处，几乎可以说没有。不光是住，吃也一样，宾馆自助餐厅里的汉堡包、炸猪排和广东菜难吃得让你落泪，价钱却都贵得惊人。当然便宜的也不是没有，但那种餐厅，盘子碗都洗得不干净，卫生很成问题。这两类之外，中间地带的选择，可以说根本就没有。当然保不住哪块儿也会有，但外国人找不着。外国人分不清菜饭的味道，把冷冻的鱼说成是鲜鱼端上来也没关系，这是这里的平常而普遍的想法。话语稍稍明白一点儿以后，没有人不生气发火的。

"园子，在这样的城市里，我费尽千辛万苦找到的就是现在的这座宾馆呀！光排队等房间就够受的了。"一路说着，我们的出租车已经开进一个宽阔得惊人的院子。这里与其说是宾馆，不如说是一条街。邮局、游泳池、三十多个餐厅、高尔夫练习场、电影院、会议厅、鹿园，连绵不断。楼房都很旧，飘溢着中国的铺张和西洋的铺张融合为一的奇怪气氛。

金说，这个宾馆是20世纪50年代为接待苏联客人而建造的，后来成了西哈努克定居的地方，改革开放以来，又有许多外国专家来住，是个有来历的场所。不过最近几年，从附近那条电子一条街上的公司，到摇滚乐歌手、独立的电影导演，都把办公室搬了进来，正式和非正式的住户，人种日杂，不知不觉就降了格，甚至被喊作北京的"伽尔西宾馆"[1]。

金经过多次碰壁后找到的住处，是宾馆里仅存无几的一处公寓，有的地方还没有重新装修。所有的设施好像都是为苏联人设计的，天井特高，让人心情舒畅，浴缸深得能淹死人。木床伤痕累累，楼房也似乎有些倾斜，但我喜欢上了这个地方。配置的家具，巨大的桌子、书架、衣柜，你别想能挪动；还有两把庄重的椅子，背依悬挂着绘有松鹤图的葛布兰式壁毯的墙壁摆着，只有用人民大会堂首要人物会见时的座席才能形容。以前生活在这里的人们的沉郁情绪，还在这空间里微弱地回旋着。各个服务台多得过剩的服务员都用好奇的目光打量我们：韩国人还是日本人？金根本没听我的意见，已经开始收拾自己的旅行包。

在巴黎已经用传真约过，第二天我就去了那男人的宾馆。分别的日子久了，原来也说不上亲密，见面的一瞬觉得很陌生。他可能有所察觉，冷不防做出向我砍来的手势，一边叫着："巴各牙路，Silesiledeyou。"虽然是要开个玩笑，但不知道别的日语词，男人只得用了这个不得已的办法，可我根本不懂他的话的意思，当然笑不出来，结果闹得更扫兴。Silesiledeyou，是中国

---

[1]　伽尔西宾馆：美国纽约的一家租金低廉的宾馆，许多艺术家居住在这里。

电影里经常出现的中国人扮演的日本兵（当然总是坏蛋）说的一连串日本话里的一句，在日本国内根本不存在，意思是"杀死你"。后来，每当我问中国人会不会日语时，用这一句话来恶作剧的人也特别多。顺便说一句，这句话用汉字写，好像是写成"死了死了的有"。

喝过茶后照例是笔谈，男人穿着一件画着蜻蜓的圆领衫，笔画很稚拙，我指着问："什么？"他又在纸上写下我从没有见过的奇怪的字：×子。什么意思？既然是简体字，我就努力去想原来的繁体，不管怎么看都像是"孙"字。孙子，这个人已经有孙子了？我倒是还没有问过他的年龄，不过听说中国是晚婚政策，难道……

我的脸都白了，后来查金的字典，才知道那是孩子的"孩"字，但在那时，我却没有笑，而是把男人茶杯里又凉又苦的茶一口喝了下去。笔谈进行得不顺，也不到该吃饭的时候，就用性交消磨时间。这倒是顺利得可恨。跟面对非实在对象的行为差不多，很多妄想般念头自然就在脑子里走马灯似的转。男人和女人的关系很多都不合乎理性逻辑，有时候，和连简单的想法都不能顺利沟通的对象，能像被爱神特别青睐似的达到高潮，而和从吃饭口味到音乐爱好等都相当一致的男友却不能……二十岁以前，我也许会找出这样的理由：性交的好和坏，是由两个人是否有真正的爱来决定的，但现在……

一家特别喜欢的荞麦面条店搬走了，那以后，每次吃荞麦面条，都禁不住要叹惜这里的味道不如自己喜欢的那家店，突然有个机会经过那家店的新址，那个高兴和兴奋，可是重新吃过以后呢，却大失所望。也许因为搬迁，面店的水平下降了，也许因为自己在别的店里把味觉吃变了。把男人比喻成荞麦面可能有点儿那个，但在我年轻时代寻找永远的爱的时候，也发生过同样的事情。那时我和我的永远的荞麦面突然相遇，吃吃看吧，什么味道都没有了。荞麦面和男人不同的地方，是男人也同样在吃我。对于他来说，我那时还仍然是好吃的荞麦面。如果他说，哎，不对味儿，我们已经不行了，那我会觉得得救了，因为那时我已经不相信爱的永恒。打那以后，我不明白性交到底是为了什么，但要说不明白就不干，却并非如此，干是干，但说到底是不明白，也找不出可以信服的理由。那么，为什么跑到一个完全不熟悉的国度，和一个话语不通的对象干这种自己搞不明白的事儿呢？这么一想，真有点儿感伤，同时也更感到自己是特别喜欢这个男人，情绪也变得健康快乐起来。

性交的过程中这些想法不停旋转，结束的时候不知不觉流了泪。男人发现后突然变得温柔，把我像小鸟一样拥抱在怀，然后又是笔谈：不要回去。什么意思呢？按汉字来猜测，可能是"你今晚不回去也可以"的意思吧，真让人沮丧。人家从老远老远来，你怎么这么说话？太自尊自大了！我故意冷起脸爬起身，男人歪着头好像不理解的样子。那我也不管。走出来叫出租车，一轮圆月微笑着，好像一切都知道。

可是我又掉进了意料之外的陷阱。"不要"[1] 这个词，汉语和日语不同，是请求对方的意思，他是在说，请你今晚别回去了。这本是浪漫温柔的情话，可为什么女人反倒生气地起来走了呢？这么累人的关系，他也不能不渐渐冷下去。

出发以前，匆匆忙忙当中，金说："反正要在中国住三个月呢（这可是金硬性替我决定的），趁这机会学学语言，我找到了一位非常好的老师，我的个人辅导老师，也让给你。"金把老师的电话号码给了我，又说："对了，这个我也不用了，也送给你，韩国语版的现在还没有，来中国后我一直用这个日语版的，比圣典还重视。但是现在单词都记住了，送给园子吧。"说完，她像把神的宠物传递给我似的，把从这一天起最最让我感谢的一个东西——带有日汉翻译功能的电子词典放到了我的手上，就去西安了。

送走金，我松了口气，把桌子上那件文明利器——电子词典拿到手上，半信半疑地看。嗯，试试看，我先输进一个日语单词，一按，变成了汉语，再一按，发音也出来了。输入日语单词"恋人"，一按，变成了"情人"，发音读"Qingren"吧。输入

---

[1]   日语"不要"表示"不需要"或"没必要"的意思。

个"妻"字，按出来了"妻子""爱人"，但那个"爱"字是简体，下面的部分变成了"友"字。对了，即使是夫妻，也是朋友关系的那一部分重要啊。嘿嘿。

　　按，按，按到了深夜，聪明的机器里整整装了一本词典。金，谢谢你，对于现在的我来说，没有比它更好的朋友了，我将和它形影不离。贴身带上，把想说给那个男人的词按给他，肯定能得到他的理解。太好了，明天我就实地试练。

　　按一下"恋爱"的惯用句项目，出来了"谈恋爱"，按中国语的概念，"恋爱"的动词是"谈"呀，那么，我即将试练的行动是"按"，该用"按恋爱"来表示了吧？

　　一直到黎明时分我还迷在电子词典里，窗外天色发白的时候才躺下。快恍然入梦时，突然不知是谁从外面用钥匙开门，我惊得爬了起来。

　　Huan tanzi。

　　一个人满不在乎地走进来，像念咒似的说：Huan tanzi。什么意思？

　　擦了擦睁不开的眼睛一看，白衣服、健康的红脸蛋儿，和东京目黑地方那家猪排店里给客人添加圆白菜的女孩子差不多。嗯，是宾馆服务员。打扫房间应该在中午时分，莫不是有别的事情？我哼哼着摆摆头，本来想从现在起好好睡一觉，可床单毛毯都给扯走了。

睡不成了。Huan tanzi，就是换床单吗？笔谈困难，听力更是一点儿感觉都没有。没辙，只好起来。院子里的白兰花美丽地开放着，花朵像捧举着什么东西的白色的手，我在阳台上一边喝咖啡一边观赏。

电话铃响了，以为是金的朋友，接过一听，说是那男人的助理，用很标准的英语说，那男人导演的《白毛女》今天下午舞台排练，请一定来看看。我一直对他的工作内容有兴趣，这消息让人高兴！《白毛女》，奇怪的名字，什么样的剧呢？肯定和日本以前那种模仿苏联的"红毛"话剧差不多吧。

一座标示着"实验剧场"的建筑像一个敞开的小箱子，奇异的现代风格的空间。助理到宾馆接我出来，渐渐接近剧场的时候，甜甜的音乐从里面流淌出来。熟悉的旋律，似乎在哪儿听过，可能真的就是普契尼，那极度感伤的曲调把我引到剧场入口，我站在那里，照明灯已经被关掉。助理拉着我的手，把我领到前排的座席。

怎么，这就是中国的戏剧吗？主人公虽然穿着农民的衣服，也还是透出特殊的漂亮，如果换上旗袍，完全就是四十年代上海的摩登小姐。男演员比较难看，后半部就不出场了。剧情是这样的：一个贫苦农民家的姑娘被地主欺负，父亲死了，恋人也不知道为了什么目的跑到哪儿去了，她从地主家逃出来。让人昏昏欲睡，眼睛习惯了剧场的黑暗之后，看见男人正在剧场中央位置不断向演员发出指令。在这种场合见面，他又成了我心中陌生的男人。不过能在一起而无须说话，很放松。

剧情开始变化。少女逃到一个不知是沼泽还是水池的地方，隐藏起来。地主拼命地追，少女穿着的一只红布鞋丢在沼泽地里了，地主发现了布鞋，以为少女死了，撤了回去。每一节配的音乐，都是那甜甜的普契尼旋律。最后少女终于到了一个地方，什么地方不清楚，反正不再有人追她了。

在这个地方她一个劲儿地跳舞，舞着舞着，头发变白了。面容那么端正的中国姑娘头发一白，突然有了一种让人脊背发凉的妖气。背景音乐的歌剧曲调仍然在流动，这场面让我喘不过气来，而同时我又讨厌地预感到，这女演员和那男人说不定是一对儿。

"怎么样，非常创新的导演手法吧？"散场以后，担任助理的女孩子问。"这是个什么剧？"我反问。她很吃惊我对中国的无知，非常亲切地给我做了说明。

原来曾有一个叫作《白毛女》的歌剧，20 世纪 40 年代共产党取得政权以前在根据地延安创作的，后来拍成电影，改编成芭蕾舞剧，是当时中国社会主义戏剧的代表作，一直到"文化大革命"结束，不断上演。一定年龄的中国人，不仅熟知剧情和主要人物的名字，连剧中的歌词都背得下来，可以随时脱口而出。

她口齿伶俐地给我介绍，但对于我这样一个对这个国家一无所知的人来说，还是……我不能理解那个男人的导演有什么地方新鲜，只是礼貌地点点头。男人就站在后面，通过助理问："有意思吗？"

不明白整个剧情，但特别喜欢女演员独舞的场面，我想多了解一点儿剧的内容。助理把我的意思转达给他后，他的脸上露出我此前从没见过的喜悦。噢。现在是第一次和他作为正常人对话，我有一点儿后悔。话语通了，可能会和他成为朋友，可是，原来是不是因为话说不通，才用性代替？不安掠过我的心头，哎，还是不要去深想，本来凡事不深想就是我的优点。

"那么，明天是首场演出，请再来看一遍吧。"通过助理发出邀请，然后又嘱咐了几句什么，他便匆匆离去。助理陪我去他们的临时办公室，那里堆积着许多为男人这次导演而准备的影集剧照等资料，助理转达说，从中拣点儿喜欢的拿回去看看吧。我拣了几本英文的书和影集，又发现了根据这个剧改编的电影录像带，都一起借了来。

往电子词典里输入日语单词，按过翻译键显示出"录像机"字样后拿给服务员看，一个小时以后不知从哪儿搬来一台旧机器，这个宾馆什么都方便。把从宾馆院内的商店买来的北京风味的茴香馅儿冻饺子煮上，一边吃一边看。

单调的画面里映现出的农村非常美丽，虚幻的桃花源里的人们在田间劳动的场面，配合着刚才听到的那种音乐曲调。电影里的"白毛女"长相很丑，眼睛看上去有点儿斜。开头的几分钟我不太适应，为什么她的蛋形圆脸上没有长双杏仁眼呢？但很快我就对此不介意了，这种依照特殊的价值标准，由特殊的编创人员制作的特殊艺术形式，通过女主角的特殊容貌和存在，一点儿一点儿地传达给了观众。

因为她被逼死的父亲没还上地主的债，地主把她拉到自己家里干活儿。她想方设法出逃，终于逃进了芦苇茂密的沼泽地，和那男人导演的剧一样，那只丢失的鞋救了她。

她逃到沼泽对岸的时候，画面里突然发出"哇"的一声啼哭，哎，难道，难道是这么回事儿？对方准是那个地主了，他们之间肯定没有爱情，可是什么时候发生的那种事儿呢？我可是一直盯着看的，什么描写也没有啊。

那个爱与憎结晶的可怜的婴儿很快就死了。人工痕迹浓重的惊险阶段过后，她把婴儿埋在岩石嶙峋的地方，给过去的人生画上了句号，就开始向更高的山崖攀登，像小动物变貌一样，变成了另一副性情，可能是疯了吧。渲染异常情绪的音乐也不知从什么地方传了过来。

山里的冬天渐渐来临，连看的人都觉得不安，她却异常强悍，射杀野兽烤了吃，以此维系生命，并渐渐回归到原始野性。前半生一直大起大落，她漆黑的头发不知什么时候都变白了。

又过了多久，完全看不出来，迷失在无时间世界里的白毛女反倒很快乐地孤独生活着。吃的东西没有了，就到山下的村庙里干点儿对不起神仙的事儿，偷点儿供品。后来呢，村子里有了谣言，说庙里出了怪物。八路军战士来调查，那个人就是她以前的恋人，好莱坞式的大团圆结局。恋人喃喃絮语地对她说，解放了，再也不受地主剥削了，你虽然头发白了，我仍然爱你。最后的场面和开头一样，虚幻的乐园里头发变黑的女子和恋人在愉快地劳动着。

假了吧唧。参加了八路军的恋人回来后的部分，应该是这部电影最想表现的内容吧，我想，其实那一部分如果解释成是白毛女在寒冬里冻死之前的梦境，也不悖情理。

翻了翻那些英文版的书，有一本是美国某大学出版的讨论《白毛女》的杂志专刊，上面刊载了一位女学者女权主义观点的长篇大论。我对这种东西没兴趣，也不明白，一目十行地跳着看了看：白毛女从男性强权的世界逃了出来，最后又被编织进另外的男性世界里。那象征，就是芭蕾舞剧里的舞鞋。那只鞋丢到芦苇沼泽里后，白毛女在山里舞蹈时舞鞋一直是自然肤色（赤脚），和恋人重逢下山后还是如此，参军扛起枪以后，恢复了红舞鞋。对于她来说，赤脚状态是自然的，和恋人重逢参加八路军却不是她的幸福，她愿意一个人在山里悄悄地生活下去……那解说还很长很长，我把旁边的影集拿来一看，舞鞋颜色的变化果然和女学者说的一样。仔细一看，又发现了另一件事儿。白毛女和恋人跳舞的背后，大树上贴着红色的纸，上面清楚地写着一行与抗日有关的宣传语，这大概是抗战时代的遗存吧。但像我这样对这些情况无知到近乎白痴的日本人，看了后大吃一惊，像被掐着手腕拉进故事情节里。另外的一本书则说，白毛女的头发变白，是因为山里饮食吸收不到盐分。

　　首场演出时看到的演白毛女的演员也还是一个古典型的美人，舞蹈场面让人觉得有些怪，除了强调感染力以外，我始终不能理解什么地方新鲜。闭幕的时候，那男人被演职员们团团围住，心满意足地微笑。

　　助理也在，我对她说想跟女主角说话，助理对正在喝可乐的女主角转达说我很喜欢她跳舞的场面，而从她那笑佛般优雅的嘴角发出的话语，据助理说是这样的：

　　"你真漂亮，好像不是日本人。"

　　"什么意思呢？"我问。助理有些为难地解释说，在中国，日本女子常常就是矮个儿和难看的代名词。我回报给女主角温和的微笑，但面部突然变得僵硬。那一瞬间，我突然机灵起来：在中国你身为外国人本来就吃亏，身为日本女人就更吃亏了。

　　拿电子翻译词典和男人交谈，相互沟通的速度，是笔谈无法比拟的。复杂的内容，比如艺术理论什么的是不行，简单的交流，虽然不能出声，但一起看液晶显示画面，差不多就是交谈的气氛。可是这词典是给以日语为母语的人用的，反过来就麻烦了，查拼音或查笔画都特费时间。男人查拼音好像不太利落，所以总是数字的总画数。想说什么的时候，挺大个男人，先要在自己宽大的手掌上"一二三四五"地比画着确认笔画，看着真招人喜爱。

但为难的事情还是不断出现，性交当中，他突然想起了什么，急忙点着灯，在手掌上"一二三四五"地数，然后去按翻译词典，想查的字没出来，又重新数笔画，再按，画数相同的字很多，好半天也找不出，我也凑过去看那暗淡的液晶画面。按，再按，想要的字还是没有出来。我急得火烧火燎，是不是该先喝点儿茶呢，正要爬起来的时候，那个字终于出来了。男人递给我看，是一个"孕"字，找了半天，就为了这个字？"不会"，我无力地按出回答。他好像明白了，拥抱着继续性交。躺下去的时候，窗外并排站立着的北国白杨的树尖上，是一轮用针尖一碰就会流淌下来的满月。白杨树干上的纹络很像人的眼睛，月光映照的无数只眼睛也无言地望着这里。男人今晚第一次来我的（金的）房间。我抢过电子词典，按出了"不要回去"。

大陆气候，没有梅雨。夏天到来的消息，是从街头小摊儿上的水果传来的。这个季节的北京，满街都是桃儿。开始是小小的，一口就能吃掉，只有桃尖儿染了一点儿颜色；随后，桃儿一天一天地变大，飘出成熟的芳香。眼看着大卡车满载的新鲜桃子不断地销售出去，那心情别提有多好。再说，还有那些充满野趣的樱桃，从广州迢迢而来、枝叶弯弯、外皮好看的红荔枝。

我最喜欢现在季节的东京，牵牛花节和酸浆果节过后，被雨洗过的一切都灿烂生辉。而初夏的北京那甜甜的魅力，也让人难舍难分。走在你身旁的大叔、大伯随随便便就吐唾沫，商店售货员哭丧着脸把找给你的零钱冷冷地摔过来，这些气得你想哭的经验每天都有，可是，凡是在这里度过这个季节的人，都会觉得这里像是自己前世曾经住过的地方那样亲切，都不能不对这座城市产生深深的爱。短暂而珍贵的初夏。当品尝过这些风味后，路旁开始有简易的小房子搭起来，为了夜里防盗，房子里面摆了床，平时一直有人值勤守候。这是卖西瓜的小店。西瓜小店的出现，意味着酷热的盛夏已经到来。

男人和他的剧组已经离开北京，到一个我所不知道的外地城市，去演出那崭新的《白毛女》。有了空闲，想起去找金介绍的老师学习中国话。接电话的人说着非常流利的英语，好像是一位上了年纪的女性。

何老师也住在金的这座宾馆，是另一栋楼房。丈夫是英国人，专家，早去世了，孩子们也已经长大独立，她一个人悠闲度日。这是一位身材高大、举止端庄的老人，贴耳根剪齐的银发很有光泽。她的房间陈设古香古色，毫不亚于金的房间。镇室宝物是摆在客厅中央的漂亮花瓶，她把那叫作"努克壶"。努克，是西哈努克亲王殿下的爱称，对曾经和自己的丈夫有过来往的亲王殿下赠送的壶，何老师特别珍惜。

在摆着努克壶的客厅里，我开始一点点学习语言。金用的教科书不知是什么时候编的，内容陈旧得让人发笑。第一课从到商店买东西向服务员叫"同志"开始，还有，说本国的事情，一定要说"我们的国家"；"死"这个词，有时也根据阶级职业而有不同说法，比如共产党员死了，要说是"到马克思那里报到"；等等。学了几回我就发现，何老师教的内容，和我想和男人会话的目的相差甚远，即便如此，我还是没有中断学习，因为何老师这个人很有魅力。

这个国度里的老年人都挺像，从外表很难分清是老大爷还是老大娘，老大娘也都穿着灰色或绀色裤子，看上去和老大爷差不多。男女都工作，在家里男人也照样做饭扫除。这样锻造出来的平等气氛里，年轻女人要是化妆浓了一点儿，就会被误认为是搞同性恋的男人。而老大娘一般都比老大爷粗暴得多。老大娘培养了那些干枯的老大爷的好脾气。何老师的性格里也有类似的东西，但她身上还有一种由近乎信仰的东西所支撑的清贫之美。在何老师的生涯中，曾经发生过什么事情，我完全不清楚，但我想，正是因为她和她的丈夫全身心地体验了革命初期使人昂扬向上的美好，那体验深入骨髓，所以才有现在这样宁静明朗的生活态度吧。有一次我问："您看过《白毛女》吗？"她的眼睛闪现出异样的光辉，向我讲起刚刚建国不久在北京观看这个剧时的激动，那天我们竟然忘了上汉语课。

　　因为知道日本女人在这里吃亏，外出、打的、买东西，我都尽量不说话，模仿中国人的动作习惯。中国实行双重价格，外国人进博物馆的门票或飞机票都要加倍付钱。装作中国人的样子试试，在公园和美术馆的售票窗口递上中国人的票价，竟然毫无问题地通过，真的被看成了中国人，白种人只能永远是外国人，亚洲人和华侨就不同，只要说中国话（做出中国人的样子），就可以获得在外国人和中国人之间自由往来的特权。

　　更奇妙的是，坐出租车的时候，常常被问："你不是北京人吧？"我嗯嗯地支吾答应。而发问的人又都会继续追问："新疆人？"可能我很像丝绸之路上的女人。为了不让人觉出是日本人，我故意反问："是呀，你怎么知道？""嘿，脸型，还有说话的语调，一下就明白，果然，哈萨克族吧……"对话就这样进行着。

　　从记住一点儿外语单词开始，终于有一天，你突然觉得可以成段领会对方说的内容了。根据学到的一点儿单词和语法推测，如果是这样的场面，那可能就是这意思，推测能力一天一天地加强。托何老师和出租车司机的福，我的汉语水平终于达到了这一阶段。

　　既然被看成了哈萨克族人，那就学学哈萨克族人的样子如何，赶紧在金的书架上翻那些少数民族的影集，看看哈萨克族人什么样。原来他们是草原骑马民族，脸型像日本人和意大利人的混合，淡雅而带点儿洋味儿，并且好像是信奉伊斯兰教。

"我的故乡在草原上，现在在中央民族学院学习舞蹈，普通话说不好，我们家乡还没有电视，普通话是来这儿以后才学的。草原的夏天特别漂亮。"坐上出租车，使用那天学到的句型，填进新的词组，我这样对司机说。本来只是在影集上看到过的虚拟的故乡，对别人说着说着，却真的产生了热爱。我暗暗下了决心，什么时候，我一定要去那里探望。出租车司机基本都相信我的话。最近，我已经不坐那种小型的夏利牌车了，我喜欢街上突然增多的那种黄色出租车（这里的人叫它们"面的"）。面的司机大都声音浑浊嘶哑，行为粗鲁，坐在面的司机身旁的座位满街兜风，真愉快。

宾馆里的电视能看很多频道。英国的 BBC 和日本的 NHK 不用说，还有我完全听不懂只能看画面的俄罗斯电视台。明星 TV 台用英语和汉语普通话播音，每次看了都让你忍俊不禁的广告"喂，他是一个非常 XO 的男人"，也用英语和汉语普通话两种语言播送。中央电视台和北京电视台各有很多频道，在意料不到的时间段里，有时会突然出现一段黑白影片的画面，日本兵说着从未听过的日本话；有时则会出现深圳工厂女工们表演的配乐舞，和迈克尔·杰克逊跳得一模一样。这些都是在日本看不到的逸品。

早上起来，随手按了一下开关，宾馆的有线电视正在播映电影《生死恋》。这是我少年时代特别喜欢的电影，眼睛立刻被银屏画面吸引住。名字叫 Suyin 的女主人公，是白种人和中国人的混血儿，她那端楚的女性风度，曾是我的憧憬。旧日殖民地香港的气氛，作为当时的异国情调非常优雅地表现了出来。这是我曾经反复看了多少遍的电影，而我喜欢它的第一个理由，是因为里面描写了爱情的永恒。少女时代我的理想，是像 Suyin 那样灼烈地爱，即使对方不在了，也要在他残留的幻影里生活下去。如果不这样的话，那么，人生的意义是什么？女人的幸福是什么？这才是真正的人生。《生死恋》煽动着这样的情绪，现在回旋流淌的音乐，也仍然是这么煽情。

我走进厨房，蒸上小馒头当早餐，用它蘸炼乳吃。这是观赏这部电影最合适的食品。

已经多久没看这部片子了？我早已不是纯情少女，我的人生将在找寻不到永恒的爱情中结束，影片表现爱的永恒的部分已经不能让我感动。现在莫如说我很奇怪自己过去为什么竟然会那么盲目地相信爱的永恒。也许我的理想只在好莱坞电影里男女关系中吧。得不到永远的爱，人生就不能获得拯救，这是一种近乎宗教式的欲求。

重新再看，感觉背景等好莱坞特有的东方情调也过于浓厚，很不自然，好像在看一部别的什么影片。少女时代的我，曾经想努力贴近 Suyin 这位女性的心理，但事实上，最终还是从那个因采访而死在朝鲜战场上的美国记者的视点来看这部电影。可是，现在呢，我的关心，却都集中到 Suyin 这位混血的女医生身上了。

两人在香港的一家有名餐厅约会，被招待引导到靠海一侧的桌子，男的说："月亮真好看。"你猜那时候 Suyin 回答了什么？

"嗯，是呀，不过呢，最美最大的月亮，是北京的月亮呀。"回答得有点儿唐突。以前我不知道 Suyin 曾经在北京住过，不禁吃了一惊。以前看的时候，一点儿不记得有这么一句台词。

但是，Han Suyin 说得对，北京的月亮看上去绝对比东京的大，满月的时候，银辉闪闪，美丽得惊人。抬头仰望，总是圆圆的满月。在这座除了一个话语不通的男人之外没有一个熟人的城市住着，我常常感到悲伤。那时候，总是那轮满月，大得发狂的月亮在那里飘浮着，它那一切都知晓的温和的辉光，把我轻轻笼罩起来。不要紧，安下心来吧。

剧终时候出现的编创和演职员表上写着，原作者 Han Suyin。把自己的名字加给影片主人公，这作家可不怎么样！

下午去何老师那里，突然想起来了，就问："您知道 Han Suyin 这个作家吗？""嗯，当然知道呀，韩素音，和周恩来总理交谊很深，最近应该还来过北京的。""啊？老师，她还健在呀！Han Suyin，我还以为是英文名字呢。"

　　何老师笑了起来，然后说："关于她的评价，各说不一，有人说她很了解中国，但还没有全写出来，可能比较正确吧。丈夫生前的时候，我也见过她。"

　　Han Suyin 和韩素音，终于在"我"这个女性身上汇为一体。韩素音是她隐藏在电影《生死恋》背后的一部分，而 Han Suyin 则是韩素音面向外部世界的名字。哪个都是她，至今为止我一直是从 Han Suyin 的角度观照着自己的人生，从现在开始我要从韩素音的角度注视养育了我的东京。那里的表的指针和这里只差一个小时，而这一个小时的时差却永远不能缩短。

　　男人回到了北京，开着白色汽车来见我。"买的吗？"我按着电子词典问。"借朋友的，"他回答，"是捷克的司克特公司生产的。"确实，最近街上汽车突然拥挤起来，不光是面的，个人用的小轿车也多了。急剧的变化冲击着整个大陆。

　　男人让我坐在借来的司克特的副驾上，把我带到一个公园。已经是晚上，从里门进去，连门票也不要。男人拥着我，走在暗暗的路上。

　　前面是莲池，从水面伸展出来的荷叶和莲蓬迎风摇动，浓烈的芬芳在这里漂旋浮动。极乐净土用莲池做象征看来是有道理的。优雅得让人窒息的香甜还封在未开放的花蕾里，一旦啪的一声开了，那就只有形貌的美丽，芳香则要散尽了。

莲池深处还是莲池，那里无人光顾。在这里坐下，男人折下形状好看的荷叶给我。莲茎里的白丝一下子哧哧抻长。犍陀多[1]的蜘蛛丝。男人说了句什么，我不懂，可能是一句成语吧，莲藕断了，丝还连着。很久以后，何老师的课上才讲到这个词，在那以前我没有那样的学识，也不知那表示男女相恋的心。

男人不说话了，要亲吻。我从书包掏出翻译词典，问他知道不知道韩素音。今晚又是满月，明亮的月光下液晶画面看得很清楚。"不知道，谁？"男人反来问我。"说过北京的月亮在全世界是最大最漂亮的人。"这回我没用翻译词典，展示了他不在期间我学习汉语的成果。不知意思说得通说不通，心里很不安……

"看，北京的月亮。"他指着水面。月亮映照在莲池里，像隐藏在荷叶间。他还在继续说，不过已经不是对我，而是对他自己："水中月，镜中花。"

男人又要亲吻。我也要。我们在一起，误解和不理解总是连续不断，还是不要再见了吧。但如果这样提议，还必须把兜里的词典掏出来，那太麻烦了，什么也不要说，在极乐净土的深夜风景里，被世界上最优雅最香甜的芬芳笼罩着，进行和这一切绝妙一致几近讽刺的性交。

其实有好多话想说。今早起来，我看了一部叫作《生死恋》的电影，以香港为舞台的浪漫恋爱，好莱坞的老片儿。主题歌特

---

[1]　犍陀多：芥川龙之介的小说《蜘蛛丝》里的人物。

有名，可是为什么和《白毛女》的音乐很像呢？强烈刺激人的心弦，煽情的旋律。两个完全不一样的故事，终究还是有共同点。永远地爱着一个人；只有解放全人类才能解放无产阶级自身。还有，这两个作品的结尾，都描写了女人绝对孤独的生活。男人死后，Suyin 独自向他们以前约会的山岗攀登；白毛女则在偏僻的荒山里生活。那么我呢，也是从打和你相识，就被推进了从未经历过的绝对孤独之中。那个住处感觉很好，我想过是不是要一直住下去，可是我们的性行为让人伤心，每回都把我们的距离拉远。本来就远，现在更远。甜是甜，那甜蜜也变远了。哎，现在这么快乐、圆满，我还是不要去想这些杂七杂八的事情。最好不要起来，睡在莲花的花蕾里。在空中的芬芳和韩素音的月亮的关注下，我想甜甜地睡去。

"啊呀，和那男人分手啦？没劲。什么时候回巴黎的？"

"那还早呀，没回去。语言水平还没达到说明白为什么要分手的程度，就分手了。究竟是为什么学习中国话，简直像个傻瓜！可是现在我还在北京住着呢。"

"巴黎的猫怎么办？还有公寓。"

金这个家伙，在西安开始的泥塑计划又要转往欧洲，必须临时在巴黎住一段。"借你的公寓用用吧。北京的宾馆暂时不要退，请再住些日子。这也太……"嗯，不过，猫她给照管，我得感谢。

"和那男人不再见面了？"

"见面呀。"偶尔还一块儿吃饭呢，每次见面都有戏剧性变化，特别是前不久，在柏林有一个中国美术展览和他的《白毛女》演出联合举行的计划，从那儿回国后，像变了一个人。BP机换了手提电话，假商标的裤子也不穿了。好久不见，到我房间喝一杯 XO 怎么样？改革开放确实是在每个人身上发生的，但是速度太快了可危险呀。我略略思忖，他就满脸不高兴：以前我就看出来了，你的眼神里就带着对中国人的瞧不起。日本人在中国国度里很难堪，完全被当作京剧里的丑角。但是我既然已经卷进了这个世界，在这两个国度之间，究竟发生了什么，为什么会这样误解不断，我有自己观察的责任。就为这，我决定再在这儿停留一段。

像园子这样的女性，不可能仅凭那样的理由决定行动，准又有别的男人登场了吧。

"嘿，你可真了解我。是那么回事儿，那也是很重要的理由哇。"

淡交

周颖 译

哎，在苹果园[1] 度过的那个夏天，我可以说一说吗？

没有回答。于是，不得不径直从咖啡桌对面那人的眼睛里寻个答案。

本是低着头，恍恍惚惚的，收拾这局面得来些气势。先挺直了背，交叉着的双腿一下一上变换着姿势。沐浴了充足阳光而熟透了的金黄色长南瓜一般的双腿，缓缓转动，氤氲着清爽的娇媚，与他秋日周末午后的房间有些不搭调。再把手肘支到桌上，让形似金黄色长南瓜的手腕托着腮。趁着一瞬间的力量，我盯上他的双眸。

不料灰白色的石桌冰冷得惊人，才伪装出来的最后一丝精气神，也嗖的一下从手肘尖消失得干干净净。

一串吃剩下的蔓越莓小番茄，分不清是蔬菜还是水果，散乱地放在大盘子里。今早，我打了电话，说无论如何都想见上一

---

[1]　Manzanar internment camp，二战时关押日裔美国人的收容所。

面。他便邀我到大家常去的地方吃午餐，再来这间屋子随便喝点什么。于是，像恋人一样，顺道去了市场，不经意间在摊头发现了两人从没吃过的新东西，便买了回来。

进屋后，两人隔着咖啡桌相对而坐，我立刻打开了袋子，正要吃它。

"不行啊，奈津，得先洗一下。"说着抢过袋子，把一整串小番茄用水淋了一通，再拿个不知哪里烧制的粗糙的大盘子盛起来，摆得整齐可爱，放到桌上。

这人只在两个人时才叫我奈津。被他用这个谁都不会叫的中间名字称呼时，我感到有些难为情。让他别这么叫啦。但他仍不肯改口。于是，每次被他这样叫着，我便渐渐地倾心于他了。

在我生长的加利福尼亚的某个地方培育出来的叫作蔓越莓小番茄的新品种，真是出奇地甜。把蔓越莓大小的番茄噙在齿间，一口咬下去，成熟的甘甜就"噗"地溢满舌尖。这种少见的口感，让我们两人饶有兴致地吃了一粒又一粒。

朱红色的吃得差不多了，又拈起一粒青绿而生硬的含入嘴里，一口吞下它的生涩后，我决心开口了。

"想你抱我。"我轻浮地说了这么一句。这人露出了困扰的神情，让我在内心积蓄起来的作为女人的骄傲"哗啦啦"地崩塌了。

"奈津，这不是个好想法。我是绝不会和你睡的。"一直以来温柔得不像话的语气，现在变得严厉起来。

"不愉快啊，奈津。"像是看穿了我的心情，这人说完便沉默了下去。

面对这出乎意料的反应，不知是悲伤，是胆怯，还是不争气，我竟不能拂袖而去，只是低着头，默不作声。

喜欢他，喜欢他，为此烦恼了数月，直到我得知这人的女友上个礼拜拎着行李箱离开了。今早，我躺在床上，冒出了给他打电话的念头。带着小偷的狡黠和侦探的冷静，我拨通了电话。如果这人有了新的女友，正一起躺在床上的话，那放弃就可以了，我心想。

仿佛奇迹一般，他是一个人，还邀我到大家常去的店里吃午饭。上个礼拜天，大家也见面了。但是，今天是特别的。

把薄脆饼干浸在蛤蜊浓汤里喝了起来。蛤蜊的养分沉淀在胃里，冷静也恢复了，这让我开心。就算是吃着跟往常一样的鸡蛋料理和酒，只要是和这人单独在一起，就会别有一番风味。人生一定也是这样的吧。到现在为止，对谁都没有这样执着地爱恋过，所以从前并不明白。

但是，在嘈杂的餐厅里相对而坐，只是说喜欢他，却一点儿也不明白自己为什么这样地喜欢。我想要弄清楚，为什么喜欢这个人，然后愈发喜欢。

"哎，是那个爱说胡话的老头子。"他在我的耳旁低声说道。我转过头去，看到一个面熟的老人坐在柜台边上。大礼拜天的中午，孤零零来的客人也只有他了。他一边喝啤酒，一边像念咒语似的嘀嘀咕咕。上下蠕动的嘴唇，总让我看得出神。

就这样，说着些无关紧要的话，我度过了一个最美好的下午。当他邀请我去他的房间时，我几乎不敢相信自己的耳朵。

没有半点羞愧，真的只是想要他抱抱我。我好像明白自己为什么这样执着了。他有那么多女友，不过是抱我一次而已嘛，我想这算不了什么。这么点儿魅力，我确信自己是有的。我打心底想从自己的热情中解放出来。

难以拂袖而去，只是一直耷拉着脑袋的我，想对这个臭着一张脸的男人说些什么。如果是自己不喜欢的人，只要上前"啪"地甩一记耳光，扭头走掉就行了。而现在，是行不通的。

在苹果园度过的那个夏天，我可以讲吧？嗯、嗯！就是打仗时关押日本人的地方，你知道的吧。我妈妈当时也被关在那里呢。可是对我来说，苹果园是个真正的夏令营营地哩。

那是十岁的时候。有一天，哥哥拿了份新闻剪报过来。报上说，拍纪录片的人要招洛杉矶的日裔小孩去试镜，要在苹果园过一整个夏天。

哥哥带着我去试镜。不用说，我们两个都选上了。

大我五岁的哥哥，从那时起就已经长着一副不输给白人孩子的高大体格。可是眼睛怎么也睁不大的脸上，总是掩不住那和善的神情。最喜欢哥哥了。

　　直到出发前一天，哥哥才把夏令营的地点告诉妈妈。那时，妈妈的心情糟糕极了。可她又不发火，反倒加重了我们的罪恶感。

　　十岁的我一点儿也不知道那是什么地方。我们家里人很少聊天。在战争时期，爸爸好像跟着全是日裔的部队到欧洲打战去了。就算是现在，也决不在家里谈工作上的事。所以我和哥哥都不大清楚。妈妈一次都没去过日本，也不会说日语，但是她却把从祖母那儿学来的茶道教给白人学生。妈妈常给我们包饺子。我第一次和朋友去唐人街吃饭的那天晚上，回来跟她说："妈妈，饺子其实是中国食品呀。"我还记得她反驳说："没这回事，是日本料理啊，不管怎么说这都是日本料理。"说话时好像带着发自心底的悲伤。

　　他们大概是不愿再回忆，不光是苹果园的事，连那之前的事，也从来没和我们说过。哥哥不知什么时候在学校查了资料，我们才第一次知道，加利福尼亚的日本男人和白人的女人过去是不允许结婚的，这让我俩大吃一惊。

　　毕竟，我和哥哥都没有跟日裔交往过。在全是白人的社会里生活的我们，就这样自然而然地长大了。

　　当然，并不总是一帆风顺，有时也受欺负。我倒还好，哥哥是动不动就要和人打起来的。

　　比如说，同学们笑话妈妈做的便当里有白米饭。身高马大的哥哥就把这群家伙统统揍趴下了。因为在学校引起了纠纷，妈妈后来做便当时就再也没放过米饭。

就连我，那时心里也很不痛快。但是和哥哥让自己变强壮后把同学揍一顿的做法相反，我决心要成为不会被任何人欺负的"美丽绝伦的日裔女孩"。我直觉受到大家的喜欢和宠爱比什么都好。

所以，男人们喜爱抚摸的金黄色长南瓜一般的腿，像精怪一般散发着光泽的乌黑长发，说流泪就能流泪的眼睛，或许都是我在美国生存下去的铠甲。

一点也不快乐。现在，想让这个我打心底喜爱的人触碰我的身体，结果……这究竟是怎么回事。仿佛从人生的顶点跌落到了人间地狱。

"苹果园怎么了，奈津，可以继续说下去，我不生气了。"

朝着话头在脑海里空转一圈后再次陷入沉默的我，这人终于忍不住开口催促。

苹果园呀，对十岁的我来说，就是最美的地方。大清早起来，在正午的酷暑下无法想象的凉爽空气里，对着近处的青山合掌而拜时，只想高呼：啊，神啊！这是真的哦。最终，因为预算不足，电影没能拍完。但是，我和哥哥只是茫然地带着满心满眼的感谢，回到了威尼斯[1]的家中。

"就算不肯抱我，那也没关系了。不见我也无所谓。我要回去了。说了失礼的话，让你不愉快了，抱歉。"

在玄关穿上吉利鞋[2]，也不系鞋带就跑出了门。穿过墓地，越过人群，又飞奔过了马路。十字路口立着一块巨大的宣传板，是新款清凉饮料的广告。几个男人穿着西装，正把饮料往口里送。其中就有那人，刚刚分别的可恶的人。带着让他抱我时一样的、困扰的神情。在下一个大十字路口，仿佛是我胡思乱想出来似的，那人又是一脸困扰地出现在我面前。大众传媒真是可怕。

和那人第一次见面，是我来东京后不久，在尘土飞扬的春天即将结束的时候。在专门接待外国人的牙科诊所的候诊室里，我一个人坐着。那人和一个顶着满头麦秆似的茶金色头发的年轻女孩一起进来。紧紧依偎在一起，身高相仿的两个人吸引了我的目光。有那么一瞬间，智齿的无可救药的疼痛也杳无踪影了。

茶金发也皱着眉头，手捂着左颚。那人揽着她纤细的腰肢。看样子，让人猜想到如胶似漆的亲密关系，这与诊所的环境格格不入。把茶金发留在我正坐着的硬邦邦的长凳上，那人去跟接待处的护士小声说了些什么。

---

[1] Venice，美国洛杉矶西部地区，当地的海滩是度假胜地。
[2] Ghillie Shoes，脚背有大面积镂空，用长鞋带固定，属于布洛克鞋的一种。

候诊室中只有我们几人。直到护士叫我进去，这两人都没说一句话。

开春时便来到东京的我，不久就莫名其妙地患上了过敏。来到这个国家后，我真切感受到，加利福尼亚和这里的气候完全不同。或许是植物繁茂的缘故，抑或被污染的空气里有什么东西的缘故，忽然有一天我的眼泪和鼻涕就止不住了。总是含着眼泪，擦着鼻子，碰见个人就要被嘲笑一番。

最终还是去了诊所。被问了许多关于病情的问题，也打了针，却总不见好。雪上加霜的是，智齿也疼了起来。那人看到我从诊室出来时的样子，大概以为我在哭泣吧。

医生说着一口怪腔怪调的英语，一个人操持着这家诊所。我出来后，轮到茶金发进去。在充满消毒水气味的候诊室里等着配药的间隙，我又在长凳上坐了下来。眼泪和鼻涕还在可怜兮兮地流着。

因为已经和医生确定了拔牙的日期，智齿的疼痛好像也减轻了一些。我视线模糊地扫视了一圈。

这是间老式诊所。印象中，不知什么时候看过的电影里也出现过。长凳、杂志架和磨砂玻璃窗，冗余的东西一件都没摆。

"没事的。"那人的声音忽然响起，直飞入我的耳中。沉稳响亮的声音，纯正的英语。那人在等茶金发时无聊地翻着一本薄薄的杂志。这时他正朝向我，带着温柔也可以说是职业化的微笑，继续说了下去。

"我刚才就在想，你长得像玛丽·H。"我没作声。他见状又问我姓名。奈津，不知道为什么，我只把从来不用的中间名字告诉了他。接下来，我带着自己都想不到的轻松，语气亲密地问那人玛丽·H是谁。

好像是为了呼应我，那人换成了流畅且不带丝毫停顿的西海岸式的、说不上知性但却令人怀念的语调，把他过去的朋友、在夏威夷出生的日裔模特的事告诉了我。

那人的话说完一段后，我习惯性地用鼻头轻哼了口气，立刻反过来问他："如果没关系的话，也说说你自己的事吧。"

"我是在日本出生长大的中国人，不过一直住在伦敦，在旧金山也住过一阵子。奈津，你是真正的洛杉矶人吧，从你的口音里听得出来。""嗯，是的，我出生在威尼斯。我从一个无人认识玛丽·H的世界过来了。不过，这不单是在洛杉矶出生的意思。"

茶金发看病出来后，那人邀请我去家里喝茶，说是要给我看玛丽·H的照片。

就这样，我和这对情侣认识了。在简净的庭院里，踏脚石一直延伸到诊所门口。我"啪嗒啪嗒"地踏着石头往外走，阴暗颓废的病恹恹的空气一下子消失了。茶金发快步走在我的前头。

三人围着咖啡桌坐下。茶金发说牙会疼，什么都不想喝。我也一样。那人没办法，给我们接了两杯自来水，又给自己倒上啤酒。但口腔残留着被尖锐金属抠挖过后的异样感，拒绝一切进食。我和金发女人都只喝了一口就停了下来。

"不记得是什么时候了，有个法国的朋友说日本的水是甜的，真的哩。"像吞药似的，咕噜一口把水含在嘴里品尝之后，茶金发说道。"不对啦，这个单词是又冷又美味的意思。"那人教导道。"但是很甜啦，奈津，你觉得呢——还是说我的嘴还麻着吗？"

茶金发是个放浪的女人，在圣莫尼卡[1]长大，所以离我家不远。不过我要是在那里遇到这个女人，我大概是不会和她讲话的。茶金发像游牧民一样四处游荡。只要那里有个全心全意爱她的男人，不管在世界的哪个角落，她都愿意过去。来吧，男人这么对她说时，阿拉伯也去得，南美也去得。茶金发喜欢的女人是霍莉·戈莱特侬[2]。为什么？因为她的名片上写着"旅行中"哩。

一不注意，就不知道会跑到什么地方去，真不让人放心啊。那人在我面前亲了一下茶金发。

接着，那人摊开玛丽·H的相册，放到咖啡桌上。玛丽·H在东京当过模特，后来去伦敦结婚了。至于现在怎么样，那人也不知道。把褪色的相册往下翻就能看到，拥有年轻、健康的金黄色长南瓜一般细长双腿的玛丽·H，当上模特没多久就在沙滩上横陈玉体了。在莫洛凯岛[3]的沙滩上和妹妹们嬉戏，像是要逃避东京的忙碌生活。正如那人所说，玛丽·H和我很相像，像得

---

[1]　Santa Monica，位于美国加利福尼亚州洛杉矶以西，是一个度假胜地。

[2]　电影《蒂凡尼的早餐》中的女主人公。

[3]　Molokai，属美国夏威夷群岛，是一座火山岛。

惊人。

　　我一边喝着自来水，一边久久凝视玛丽·H 的裸体。不由得想哭。和我酷似，但是比我丰满而完美的玛丽·H 的裸体。她披着这身美丽的铠甲，时而忧郁时而天真烂漫地望着镜头。比我还长的头发高高梳起，胸前沾满了沙子，走在菠萝地里的红土小道上。

　　第二个礼拜，我们四人去了游泳池。因为我喜欢上了那人和茶金发。那两人大概也和我起了同样的念头，所以我们不约而同地发出了邀请。第四个人是鲍勃。

　　春天过去了，夏日悄然而至，这是我们今年第一次来泳池。和素不相识的玛丽·H 一般修长而没有特色的双腿，抓住每一次划开水面时的裂缝，像是在推开这微小的缝隙似的向前游动。长及臀部，平时不好打理的黑发扎成一团发髻，染上了池水的青绿色的光彩。和素不相识的玛丽·H 一般修长的脖颈，在水面时隐时现，扰乱了一池安宁。泳池边的躺椅上，鲍勃应该正得意地看着这一切。

　　鲍勃出生于弗吉尼亚，在 UCLA 学过美术史，但至今还带着长声长气的南部口音 [1]，一头明亮的金发开始变得稀薄，长着胸毛，颜色比头发还深些。是个善良的人。

---

　　[1]　美国南部地区的人发音时，喜欢将发音拖长，因此被叫作 Southern drawl。

　　但我并不因此而偏爱他。大概是他缺少热情，或者说带着悲观气质的缘故吧。从高中时第一次和我过夜，隔天清早递给我百吉饼的男友起，我就一次都没有体验过什么炽热的激情。我不懂。一次都没有过。在许久未曾回去的洛杉矶认识的这个日裔或许会去寻找她的血缘之地——鲍勃未必没有打过这种算盘。我不会因此责怪他，反过来，我也不会感谢他。

　　在亚洲各国采购陶器、漆器，是鲍勃的工作。而我现在就靠这些钱生活。但是，当看到鲍勃因为舍不得卖而摆在屋里的得意藏品，我总是莫名地烦躁。鲍勃是专家，他找来的这些东西，各个都有品位，朴素而不失古董的价值。但是这种爱好越佳，越显得这种生意好像偷走了什么。即使一切都遵照了正当的手续。

　　最近，这堆收藏品里又增加了一个小器皿。我凝视着这个带着刺鼻的油漆味，单手就能握住的小收纳罐。没有了烦躁的情绪，看到这般的大小和形状，我能想象出把它拿在手上，盛满绿色粉末的样子。枣 [1]，是我从小就记得的为数不多的日语单词，因为它的读音和我中间的名字相似。真令人怀念。

　　用手焐热小罐，我想起了妈妈。在洛杉矶，把祖母传授给她的茶道耐心地教给白人姑娘和有东洋趣味的老人们的妈妈。只会说英语，从未踏上过日本的土地，以后也必定不会踏上这片土地的妈妈。

---

　　[1]　枣在日语中读作"natsume"，和奈津的"natsu"发音近似。

　　在我们威尼斯的家中有一间茶室。这间狭小的、铺着榻榻米的房间是我幼年的游乐场。学生们走后，茶室中总有香气余留。现在我已经知道它叫沉香了。但是，在给芭比娃娃多添几件衣服才是头等大事的时候，这种香气还没有名字。

　　鲍勃跳进了水里。泳池的水位也微涨了些，正好是鲍勃的身体那么多，大概是我的锁骨能够痒痒地感受到的程度。那人和茶金发仍旧趴在躺椅上，不知是睡着了还是在聊天。从蛙泳换成仰泳，我高高地举起右臂。纤细柔弱的手腕，静悄悄地积蓄着力量。

　　鲍勃赶上来后，就在我身边游了起来。作为在越南打过仗的最后一代人，鲍勃没有留下当时的生活痕迹，除了两件事。一件是左臂上类似漫画的佛陀刺青，另一件就是学了点广东话、泰语、越南话中日常会话的皮毛。七十年代，鲍勃为了学习东洋美术而重返大学，最终得到现在这份工作，大概缘自和亚洲结下的、超越了好恶的决定性关系的后遗症吧。这个已经完全变得沉稳的中年男人身上，如果说还残留着军营时代的印记，那就是——他是个倔强的泳者，能够精确地进行长距离游泳。但是，不管鲍勃多么擅长游泳，我也不输给他。不会疲惫，决不会输。在水里，任凭四面八方挤压而来的水托起我的身体，除了水声，所有的声音都消失了。甚至连体温也消失了，身体里重新涌现出强有力的热量。只有这种时候，我才感到自在。在别的时候、别的地方，都不行。一旦从水里出来，周围的任何事物，都不曾让我适应。无论是哪个男友，还是学校、老师、妈妈、爸爸，还是哥哥。

哥哥或许不一样。我来东京前突然想见哥哥，就去了他在圣何塞[1]的家里。已经拥有称心的工作，妻子、当然是白人妻子和一幢华屋的哥哥，已经不会再为身边的什么事儿生气了。比我年轻的身材娇小的妻子的脸上，散落着几点惹人爱的雀斑。

婴儿床上，双胞胎正挤在一块儿睡得香甜。她们叫阿茶和阿香[2]。真是奇怪的名字哩。哥哥回答道："这是对妈妈的敬意啊。爸爸和妈妈经常说，第一代人的心寄托在第三代人身上，还记得吧。你的中间名字，不也是从妈妈的妈妈那里得来的嘛。"所以第二代妈妈的心，也被第四代的小家伙们继承下来了。

有一段时间，妈妈教我们兄妹学习茶道。她希望我们兄妹中有人能继承自己所守护的日本。

从那时起，茶室这一方空间变得沉闷紧张起来。当妈妈竖起耳朵倾听锅里开始沸腾的热水声时，她的侧脸显得分外严厉，令人害怕。

到最后，妈妈还是放弃了。我和哥哥连正儿八经的跪坐都没学会就中止了。茶道就是我不适应事物的开端。

---

[1] San Jose，位于加州旧金山湾区南部，是加州第三大城市。
[2] Tea essence 和 incense，分别是茶之精华和香的意思。

妈妈为什么这样执着于日本式的事物？这是我们兄妹共同的疑惑。毕竟妈妈也算是个基督教徒。

有一件事是我到东京后才明白的。妈妈的茶室，对知道真正茶室的人来说，就只是个美式的榻榻米房间罢了。对那高高的天花板，妈妈竟不抱有任何疑问，就连器具不也全是赝品吗？妈妈，我甚至感到了悲伤啊。出生在洛杉矶一家经营小旅馆的日本人家庭里的妈妈，只会说英语，笑容布满全脸的妈妈——日本人是不这么笑的，分明是彻底的美国式存在。好像传统的消失就是我们家族的终结似的，死死地抓住想象中的日本，那是没有必要的呀，妈妈。

对一切都不适应同时，我自以为对一切都不执着。在日本，我是个异乡人，是长着外国人的体型和东洋人的脸，说着英语的外星人。就连被人们称为血脉和个性而大加珍视的东西，我也不大相信。不过三代，我就和这里出生的女孩们成长为完全不同的人。不只是思考方式、笑的方式和说话方式，就连皮肤和骨架的结构也不同了。所谓不能不继承的传统根本不存在。和玛丽·H相似的足以自傲的赤裸裸的身体，这才是我拥有的唯一的真实。

这两个孩子会怎么样呢？白人和东洋人的混血儿大概会和拉丁裔美国人的孩子一样，长出一张清爽柔和的脸蛋吧。会出落成美人吧。我试着回忆起高中时的好友罗莎。

"哥哥，孩子们长大后，让她们学花样游泳吧。我要是有姐妹的话，就想和她一起学哩。"

　　阿茶和阿香一定会出落成美人吧。在水中摆出各种形状，打破它，像花儿一般绽放，再打破，然后像星光一样摇曳。她们应该不会把自己柔美的肉体当作铠甲，甚至不会再意识到自己是日裔了。

　　"你怎么想到要去东京了？"哥哥一边拔出霞多丽的软木塞，一边问道。

　　"嗯，最近啊，我喜欢上了一个日本设计师的衣服，喜欢到想要独占所有礼服裙，我终于找到了这样的设计师。但是在洛杉矶的价格太贵了。所以，为了买许多这个设计师的衣服，我决定住到日本去。"我故意调皮地伸出舌头。至于早已回到东京，就等着我过去的鲍勃的事儿，我决定保密。况且真正的原因，我怎么想也没想明白。

　　这个夏天，我们四人每周日都要聚会。然后在那人二十年前就常去的嘈杂的餐馆吃午饭。这里像机场的自助餐厅一样拥挤，让人静不下心来，所以我喜欢这里。那人听了轻笑一声。

　　之后一定会去游泳池。矮个子的女孩们满心感激地沐浴着并不强烈的阳光，希望能把皮肤晒黑些。瞥了她们一眼，四个人就像怪兽一样迅猛地游了起来。每个人都怀着决不服输的热情，执着地游着。

　　故意先从水里出来，装作照看鲍勃的样子，然后和正在游泳的那个人对视。已经四十岁出头了吧。我从没问过他确切的年龄，所以并不知道他究竟是多少岁。也不大清楚他是做什么工作的。似乎是要制订和执行许多计划的工作。匀称的肉体，包裹它的服装，以及那人外在的一切都是工作的一部分。前往某地，展示自身，调控氛围，完善尚未成型的计划并提供给对方看，这就是那人的日常生活。他对金钱的冷淡和无忧，有时能够强烈地打动对方。那人能让对方彻底相信，从他手中、从他所在之处经过的金钱绝无污秽，那只不过是流动的事物、通行的手段、容易兑换的货币罢了。这在某种意义上是正确的。这种大大咧咧的金钱观，是那人在极其富裕的童年时代自然形成的。

"朵莉有工作吗？"那人问道。有鲍勃在时，他就叫我的第一个名字。打出生起，我就没干过正式工作。也不记得干过什么能称为"工作"的事儿。我和茶金发的这种生活方式，在美国，在这个国家，在全世界肯定都是极陈旧的。这种在爱自己的男人的庇护下，温吞吞过活的愚蠢的生活方式。

但是对我来说，和工作这种麻烦事比起来，再没有比现在这样更轻松的了。再说了，向男人撒娇这种事，试过一次就再也戒不掉了。对方是谁不重要。撒娇，其实就是操控对方。问题只有一个：不能让自己喜欢得发狂的人庇护自己。这是个难题。遇到那人后，我就确信了这一点。要是那个人爱我的话……但是，面对自己一心恋慕的人，就没法死乞白赖地要零花钱或随心所欲地说出任性的话。

也不对。我甚至不愿意全身心地投入到认真的恋爱里。在恋爱中，我也没有归属感，只是装出爱撒娇的样子在人世间生活。

"要是日语再好一点，朵莉就能在东京找到工作了呢。有什么想做的事吗？"面朝我和鲍勃，那人看似担心地问道。

"没有，从来就没有过。"我草率地答道。

"所以我让她上日语语言学校去了。朵莉是个懒人，一点也不想学习。真让人头疼。"

"那为什么来东京嘛，朵莉。"这次，那人直接要我来回答。

"有我喜欢的设计师啊。只要是那个人的衣服，有多少我都买。在洛杉矶太贵了，我在东京买了一大堆。"

为了给男人们正经而无聊的话题捣乱，我说着过分的话，还吐出了舌头

因为这个话题跟自己无关，茶金发漠不关心地望着远处，大概在想她自己下次该去的地方吧。和我不同，她立志四处游荡，长久地住在一个地方就是她痛苦的根源。

在我喜欢的设计师专卖店把厚大衣一气儿摆出来的上个礼拜，茶金发消失了，连个纸条都没留下。那人打电话过来时声音狼狈。虽然多少有些预感，可当事情真的发生时，震惊丝毫不会减少。即使和茶金发最终也没热乎起来，可一旦她走了，终归觉得冷清。我们之间的距离曾经是极近的吧。

与此同时，我压抑着的感情像冲破了堤防的洪水，径直涌向

那人。打了电话，单独见面，过了一个下午，然后……

回到我的房间后发现本应在韩国采购的鲍勃提前回国了。他甚至连解开吉利鞋的鞋带的工夫都不舍得浪费，从身后搂住我的双肩，亲吻我的脖颈，然后粗暴地把我按在玄关的地板上。

"不愉快啊，鲍勃。"我嘟哝着，像是在回味那人说的话。"怎么了？朵莉。"鲍勃像完成任务似的问了一声，就当作什么也没听见，继续亲吻着。我失去了反抗的力气。原木色的地板让发热的脸颊感到凉爽，而且跟那人的交锋早已让我筋疲力尽。如果连一点温柔的抚摸都没有，那就只能尽情流泪了。如若不然，我将陷于无能之中，从此一辈子都无法再跟任何人发生关系了。我用甜腻的吻回应了鲍勃。但是，这个和那个是完全不同的事。

第二个礼拜，四个人一起见面了。在常去的那家餐馆吃了午饭。爱说胡话的老头子照旧一个人坐在柜台边，嘴唇动个不停。

但是今天，那人边上有个叫节子的女人。很随意地穿着我最喜欢的设计师的衣服，身材娇小。因为过于随意，甚至显得漫不经心。但是，在这种近乎漫不经心的状态中，痛快挖苦的态度和衣服纠缠在一处。这是经过很长时间才会形成的有个性的挖苦的态度。故意叉开腿坐，强势地双手抱胸，朝着我的方向瞋目而视。

"新的女友。"那人不好意思地介绍道。

节子是摄影师。不过她真正的职业是著名画家的孙女。就像画静物画一样，把红酒坛子、石榴和杀死的鸡摆在桌上，微妙地调节光线，拍下许多照片。都五年了，她也没有厌倦，一直在自己的摄影室重复着这种拍摄。就算没人评价，那也没关系。她就算什么都不干，也能得到大家夸赞。

那人过早地结交了新的女友，这使我沮丧起来。今天的蛤蜊汤里有沙子。嘴里响起沙子和牙齿摩擦的声音。咬碎剩下的贝壳时，我不得不小心谨慎。爱说胡话的老头子已经不见了。

第一次见面那天，我不喜欢节子。至于和她单独见面，我连想都没想过的。但是现在，她开车带我在雪地里徘徊。那人带家人去温暖的海岛游玩了。

"能出来一下吗？现在去接你。"我就这样硬被拉了出来。鲍勃感冒了，从昨晚开始就一直在睡觉。

"你出去旅游的话，我就太寂寞了。"节子缠着那人撒娇，所以那人留下一个不可思议的礼物，是个长得像无线电收发机，能够窃听车载电话的机器。

教会我操作方法后，节子就慢慢地开着车打转。

"沙沙沙沙"——电波变强后，我慌慌张张地按下开关。

"喂，阿悟，是妈妈。你乖不乖啊。"

"嗯，我困了，就要睡觉了。"

"那晚安了。"

"啊，差点忘了。给我买些邮票。六十二元的十张。我明天一定要用的，别忘了哦，妈妈。"

“好好，晚安了。”

连放下听筒时的咔嗒声都能听到。

“这是做女招待的妈妈在给儿子打电话。”节子话音未落，下一个电话铃声又响起了。

“喂，是我，这就过去。”

“爸爸，现在在哪里？”

“我在车里打电话，二十分钟后到。”

“OK，爱你，爸爸。”

“这大叔在给情人打电话。”节子向弄不清状况的我逐一说明。情人是个东南亚女人，所以日语说得很怪异。

“沙沙沙、沙沙沙”，又窃听到一个新的电话。

“果然，社长太太是癌症。要我去说吗，真讨厌啊。”

“没办法，这就是我们的工作啊。不知道严不严重。”

“啊，对了，冰箱里的鱼子酱，我尝了一口，很好吃，谢谢。”

“这没什么。”

“那先聊到这儿吧，回头再给你打电话。”

以我的日语能力，一旦出现杂音和复杂的单词，立刻就听不懂了。真令人着急。

铃声又响了。四次、五次、六次——节子和我都竖着耳朵，仿佛在倾听来自宇宙的信息。七次、八次，大概是对方不在家。听筒又搁下了。我们两人不由地感到失望。在下雪的周末夜里，向无人接听的另一头打电话的寂寞感渐渐在车里弥漫着。

　　我们持续了很长时间，欲罢不能。被雪花静静覆盖着的城市变得华丽起来。陌生人的繁杂琐事，乘着电波飞到我们的耳边，这简直就像是魔法，让人心里怦怦直跳。

　　显然，这种恶劣的行为得立刻停下才是。但是，再听一次吧，再听一次，就这样一直听了下去。

　　那天夜晚，等我下车时，已经累得筋疲力尽。"那人下个礼拜就回来了。"说着她把窃听器送给了我。"你可以用来学日语，朵莉。一直偷听的话，日语听力不就能变好了吗。"留下这个不知道是真心还是闹着玩的建议，节子开车走了。

　　第二个礼拜，那人打来电话。说是我最喜欢的设计师的公司里正缺人做公关，那人推荐了我。"去试试吧，那可是奈津最喜欢的、买了一大堆衣服的设计师。去那里工作应该就不会抱怨了吧。"那人告诉我面试时间后就挂了电话。

　　昨天，我去事务所面试了。我一直憧憬着的设计师瞥了我一眼，用英语和日语提了几个问题。到最后，好像想起什么似的，把我和玛丽·H长得相像的事当作个天大的秘密，小声告诉了我。

　　今天，一位女主管打来电话说："我们想要录用你。"我都不知道公关是干什么的。但是，如果我去上班的话，她将是我的顶头上司。我刚才去事务所见她了。她在西雅图出生，也是第三代日裔，露出一个日本女孩决不会有的大大的笑容，过来迎接我。

说明了我的犹豫后，她安慰我说："和男友商量后再答复我吧。"

"公关可是很累的。但是如果你特别喜爱我们公司的衣服，就能胜任这个工作。"她的每一句话都那么温暖。

我谎称有事商量，把那人叫了出来。我在鲍勃家和他家之间的公园里等他。那人匆匆赶来，我把被录用的事儿、鲍勃就要搬到首尔的事儿以及我犹豫迷茫的事儿统统告诉了他，向他寻求答案。

"自己决定啊，奈津。"这就是那人的回答，意料之中。我当然已经有决定了，我不会跟去首尔。

"知道了，我会自己决定的，所以亲我一下嘛！"我的声调尖了起来。

我会留在东京。朵莉·奈津·冈本会接受公关的职位，拼命工作。死死抓着窃听器，把日语学得十全十美，我已经这样决定了，所以亲我一下吧，就一次。

那人像拿我没办法似的，笑着凑过来，然后像捏一块小蛋糕一样，捏着我的下巴向他靠拢。即使不是某个特殊的对象，被人这么对待时，我的心底也会变得柔软起来。可是，现在是最糟糕的情况。开始就是结束。

停！我就像只小猫，"嗷呜嗷呜"地乱叫着吓唬人，当发现自己打不赢时，就咻的一下把脑袋扭到一边，连连退后数步。要是在别的情形下，这种行为会使男人着急，使他兴致高涨。但是，这回是真正的较量，而我输得一塌糊涂。

　　或许，我所处的世界就是机场里人声嘈杂的自助餐厅。大家都拿着写了目的地的登机牌，在餐厅里度过短暂的时光。唯独我没有票。不知是一开始就没有，还是中途失落的，总归是没有。不是想拥抱，也不是想亲吻，大概只是想让你从远处赶来，坐到我的桌边，一起喝个茶吧。

　　算了吧。然后，我跑下坡去。下坡的尽头，是鲍勃和我住着的房子。

　　今晚把一切都告诉他。在分别时要郑重地，像在妈妈的茶室时一样，用双手支着地板，把心底的一切都告诉鲍勃。我要这么对他说："把我带到这里来，谢谢你。"

　　下坡途中，我感受到了某个人的气息，于是停下脚步。不是那人，不是鲍勃，也不是哥哥，是一边"咻咻"偷笑我没有轨道的人生，一边鼓励我的人。在东京朦胧昏暗的天色里，我感受到了年轻而富有弹性的、无赖而又温暖的玛丽·H的气息。

蝙蝠

金海曙 译

"说什么呀，这家伙。"婕斯心里嘀咕道，唇边还残留着尚未消逝的微笑的余韵。作为一个女人，被人称赞漂亮当然也没什么可不高兴的。但是，婕斯在想象中，自以为自己到这个城市遇上的第一个出租车司机应该是一个黑人，有着巨大的体格，说着和自己不一样的法语或者其他什么语，应该是一双黑黝黝的巧克力色的手握着方向盘。但现在她却搞不懂为什么居然是一个和自己同样肤色的人开着车，带着她驶向曼哈顿。当然，这可能只是一个单纯的概率问题。

刚才，让他帮忙把三个大皮箱塞进车里时，婕斯用不甚妥帖的英语说了地址。长着一副螃蟹扁脸的男人简单地答应着，平稳地启动了车。"就是雷诺克斯冈邮局边上的那座楼……"按照哥哥告诉她的，婕斯对着反光镜中那双锐利的眼睛补充道。

"不是韩国人吧？"

在毫无个性、黑暗孤单的路上默默地跑了好一段，男人突然开口问。第一次他说的是韩国话，看到婕斯没一点反应，他用说不上流畅的英语又问了一遍。婕斯没理他。

"呵，不是啊。那就一定是日本人了，肯定是。不管是哪国人吧，你可是个有古典韵味的朝鲜美人呢。不是恭维你，要是摘了那副呆板的眼镜就更棒了。"

"说什么呀，这家伙。"她心里虽然嘀咕着，却也感到了一点点的开心。在生她养她的那座城市里，从来没人对她说她是个朝鲜美人什么的。刚踏上北美大陆，那个连见都没见过的祖国——祖先的祖国反而突然开始贴近了她。

"什么地方像，告诉我好吗？"

她略略向前探出了身子，声音里掺了点甜蜜，对着反光镜中的眼睛问。就连她母亲也叹着气说过她的脸看不出国籍，一点特征也没有。

"稍稍有点黑，蜡一样滑溜溜的皮肤、尖尖的小鼻子和颧骨。哈，对了，还有你冷冰冰湿漉漉的眼睛。"

然后男人说了一个很像婕斯的女人的名字，婕斯对那个名字的发音感到很陌生。

"不知道，那是谁？我又没去过韩国，也不会说韩国话。"

婕斯说着，这次她把自己的身体埋进了那个破破烂烂到处能看到沙发布下黄色泡沫塑料的车椅子里。

"就是那个往飞机上放炸弹的女人，是个恐怖主义分子哩。真的不知道？你不看报纸吗？死了很多人呢。"

"什么时候的事？没听说过，第一次听说。"

"当然啦，是很早以前的事情了。"

男人吃惊似的耸了耸肩。这个动作和他一点也不相称。在这里，婕斯想，总会在不知不觉中传染上这个动作吧。

男人说起那个女人时，婕斯对那个从未见过的女人感到了一种奇异的亲近感。作为一个瘦瘦的小个子，婕斯时时也会感觉到从肉体中弥漫开来的过分的精力。她搞不懂这是怎么回事。似乎是有什么在"扑哧扑哧"地漫出来。这种时候，如果想杀人的话，她想，蓄积起来的能量也许足够产生一次真正的屠杀。在韩国，她听说人们是咀嚼生大蒜头的。她一次也没吃过生的大蒜头，但她的血管里确实奔流着和他们一样的血。

"帮个忙，摘了眼镜给我看看不行吗？"

男人并无恶意地爽快地说。曼哈顿终于从她熟悉的绘画和照片中、从黑暗中，以她所期待的形象逐渐地浮现了出来。当她把那副在常去的古董店里买的黑框眼镜摘下来——那副眼镜像漫画中一个角色的标志——男人从反光镜中看了看她，微微地笑了起来。只要习惯了，会觉得他还是一个目光挺柔和的家伙。

"呵哈，我太喜欢你这样的脸啦。"

在昏暗的长方形的镜子中，一双线条细长的眼睛忽闪忽闪地瞧着她。

"嘿，日本来的小姐。是来旅行的吗？那么多的行李，想要住上一段吧？"

穿过隧道时，他用压倒噪声的嗓门大声说。

"不饿吗？要是饿了，把行李安顿好了就去吃朝鲜冷面。你知道那玩意儿吧，冷面。日本不是也有吗？佛拉辛格有我最喜欢的韩国料理店，就上那儿吃冷面去。"

"说什么呀，这家伙。"这声音又一次在婕斯的心里响起来。长途旅行后肚子当然饿了，可不巧的是，婕斯不喜欢吃冷面。也许是没吃过真正好吃的冷面，也许韩国菜根本就不对她胃口。

"我不是来旅游的，是留学生。也不是什么日本人。谢谢你啦，可我不想去。而且也太迟了，那么迟出去对寄住的人家也不方便。"

"呀。那就太遗憾了。不过不是今天也行啊，下个星期也行啊。"

男人在路边停了车，路边的树修剪得整整齐齐排成了一列。

"可我不喜欢吃冷面。对不起。"

周围静得出奇，婕斯有点怕起来，直愣愣地盯着男人的背。

"我现在虽然住在阿斯特拉，可车也买了，拼命干活儿，接下来就要买房子了。"

他转过了那张硕大的和蔼可亲的脸。

"求求你，我们再见面吧。太喜欢你了，你的脸。我这人，是个挺棒的家伙，真的是。"

他"唰唰"地在小纸片上活动着蚕茧一样的手指，把他的名字和电话号码写了递了过来。男人和她同姓。婕斯冷静下来看了看计码器，计码器已经不跳了。怎么回事？已经到了？算了算小费，把钱塞进了他手里。

一对住在这儿的夫妇是她哥哥的朋友，在她摁着门铃时，男人把她的箱子全都搬了过来。大门的锁打开时"咔嗒"一响，男人走在前边，又帮她把行李搬进了门。主人从楼梯上下来，婕斯差点无意识地介绍说，这是她的一个朋友。

婕斯出去搬她的最后一个箱子。司机已经回到了车上，启动了引擎。

"打电话，可别忘了。"

男人竟然用认真的眼光看着她。婕斯和他之间产生了一个距离之后，他看起来不过是一个大个子的、胖胖的、毫无恶意的韩国青年。

"喂，就问你一件事。行吗？你又不是韩国人又不是日本人，你到底是什么人？从哪儿来的？"

"圣保罗。"

婕斯只撂下这一句，回头逃跑似的消失在厚重的硬红木门后面。

和瑞秀邂逅是在第二天的下午，那时还残留着让人厌倦的炎热。但对婕斯来说，这样的天气简直算不了什么。白天，为了熟悉一下周围的环境，婕斯在第五大街上逛了逛，当时她突如其来地想吃冷面想得不行。也就是说，她突然想要和那个出租汽车司机再见上一面。

　　她取出了夹在本子里的那张写着李先生的小字条。公用电话就在前面的街角。就在那时，静悄悄地吹来的风，拂过婕斯时突然变得猛烈起来，从她手中夺走了那片小小的纸。那张记着出租汽车费的白色发票，忽悠忽悠地往上飘去。真没想到天空是如此宽阔，反射着阳光的空气中的线条如此美丽。婕斯的目光使劲追逐着那张飞去的小字条。简直不能相信那张小纸片是那样轻灵，闪烁着金箔的光芒翻动着，再也不肯落下来。终于，婕斯的视线落在了道路那边一座大楼的某个阳台上，那张纸片被阳台变魔术似的吸了进去。婕斯望着它一动不动直到它消失。那是伊丽莎白·雅顿大厦。呀，算了吧，她想。

　　对冷面和出租车司机，她终于绝望了。一瞬间那个司机似乎像是和她恋爱多年的情人，让她怀念不已。不管怎么说，她想，要是多听他说说首尔的事、听他说说韩国人的事或者其他各种各样的事就好了。就说往后吧，出门不用多少次，总能够碰到韩国人的出租车司机，但如果不是他的话……婕斯感到一种怪怪的后悔。

　　头发蓬松地飘在背后，婕斯往街上一个劲儿走下去。每个街角上都会出现一个卖面包的老头，那种除了坚硬和硕大别无可取的面包到底是怎么回事？要是我，婕斯想，要不是快饿死了，那种硬邦邦的东西根本就不会想放进嘴里。

　　不知走了多久，到了索何。婕斯走进一家漂亮的书店，没看到有什么自己想要的东西。她拿起一册折叠起来按区域划分的、那种一打开就会蹦出来的曼哈顿小地图，这时她看见一个头的左边留着一小撮鸟尾巴一样长长的金发，周围却剪着板寸的黑头发女人。她仿佛心不在焉地穿过书店，在收银机那儿停了下来。婕斯突然觉得自己失去了什么也不买就走出书店的勇气。她走向那个女人，拿着塑料纸套着的那个似乎是让你玩耍用的小地图，塑料纸闪动着晦暗的光。婕斯默默地把地图递给了她。

婕斯握着一把混杂着一分和十分的硬币递给她时抬头看了看她才知道，这个拖着一串金色头发的人是个东洋人。鹅蛋形的、白白的、小得可爱的脸，散发着水分充足的杏仁味儿，要是那个出租汽车司机在场的话，准会当场求婚的上等的主。爸爸还活着的时候，婕斯常在周末让他带着去一家喜欢的中国餐馆，要是没那条金色的"尾巴"，她简直就是中国餐馆里装饰着的那些玻璃画上的小人儿。她面无笑容，表情僵硬，烦烦地数着那些零零碎碎的硬币，把婕斯的地图塞进了一个只斜印着一行书店名字的纸袋里，直直地递给婕斯。婕斯说了一句谢谢，回头就走。

这时，那张在伊丽莎白·雅顿大厦上消失了的小字条，突然在她的脑子里闪亮起来。婕斯又回到了收银台前，今天她戴了一副米黄色的老成的眼镜，那上面嵌着的宝石显示出了某种风度。她把眼镜往上抬了抬，用足以和那个女人的厌倦相对抗但又明快的语调问：

"嘿，问一问行吗？你是哪儿人？"

这是个老套的询问，但婕斯的语调里回响着一种潜藏的意味：不知为什么我就想和你聊一聊、就想知道一些你的事。

　　她向婕斯身后的客人递过去一个和婕斯拿着的一样的纸袋后，向婕斯投过来灵巧的一瞥：怎么回事？这家伙！

　　"哥伦比亚的中国人，你说是哪儿人？"

　　婕斯意外爽快地接着说："原来如此。是哥伦比亚生的吧？照你的说法，我就是巴西的朝鲜姑娘啦。"

　　婕斯发现自己精神开始变得好起来。是这个女人让她精神振作起来的。婕斯既没去过哥伦比亚，和这个女人的国籍也并不相同，但婕斯感觉到她们两人之间拥有一种非常强烈的彼此亲近的力量。

　　"哟，真少见。"

　　她似乎毫无兴味地回答道。

　　"是不多见。"

　　下一个客人到收银台前撂下一本写着弗里达·卡罗字样的厚厚的书。"还会再来。"婕斯说着走出了书店。

　　虽然找了一个礼拜，但一直没找到适当的房子。婕斯将要去的服装设计学校从二月份开始就要上课了，在这之前她想把该准备的都准备好。特别是她这糟糕透顶的英语，如果不加强训练就根本不行。可是，这里的物价贵得离了谱，婕斯想要租的房子价钱都不合适。

　　再不搬走，婕斯觉得对借住的那家夫妇有点不好交代了。婕斯想不出什么办法，她不知不觉又走进了那家漂亮的书店。今天没看见那个金发女郎。婕斯在摄影集的柜台那儿漫不经心地看了一会儿。最近死了的一个摄影家的作品占领了整整一个柜台。摄影家还是一个相当年轻的男人。

她正准备回去，转过身来。婕斯看到那个姑娘从地下仓库出来，推着的小平板车上，书像小山一样沉重地堆着。

"嘿。"

婕斯虽然不敢肯定这个姑娘会记得她，但仍然异常明快地向她打了个招呼。

"嘿，好吗？"

姑娘无所谓地回了一句。

"挺沉吧？"

"沉。讨厌死了。明天，这个男人要在这里签名哩。你知道吧？"

她从书堆成的小山上拿了一本新发行的小说，像拿着一个脏东西，翻到了背面。背面是一个穿着高级西服的男人，长着一张不会给人留下什么印象的脸在笑着。

"是谁？我不认识。"

"畅销作家呢。"

她用几乎听不见的低沉的鼻音哼了一声。

"我刚到纽约，真是什么都不知道。连房子都还没找到呢。"

"是吗……"

"哎。"

"那就来我家住也行啊。"

她说这活时像在说"那明天咱们一起吃饭吧"，那种轻松的语调在婕斯的耳边回荡着。

"虽然也不是我的房子，可现在我一个人住着。房子是我男朋友的，其实，应该算是他爸爸的财产吧。"

"你男朋友怎么了？"

"半年里不会回来。"

"出差？"

"呵，这样说也行啊。他是个和尚。化缘修行去了，在全美国转悠着呢。"

"哟，怎么去的？"

"天知道，我没兴趣。虽然他从各个城市寄明信片回来。"

"那钱呢？"

"什么意思？你问这话。你不相信我说的？你以为我是个同性恋？"

"不，不是这个意思……"

我想是靠奖学金吧。不管靠什么，这个人有钱，一辈子不会为钱伤脑筋。

"那么，真的可以吗，是吗？明天就搬过去也行吗？"

"明天可不行。不是跟你说过了吗，明天这个红脸的家伙要在这儿签名。一直要忙着准备哩。后天就没事了。"

　　婕斯在曼克的房间里醒来，睁开了眼。家搬得很简单，只不过是三只箱子而已。映入眼帘的是一墙的书，书架上排着"垮掉一代"作家们的作品，边上是英语写的佛教著作。还有俳句、瑜伽、素食，等等。房间的主人把他从普林斯顿大学时代到今天为止的人生铺了一面墙。对婕斯来说，这些都无所谓。她拿了一本沉重的《韩国禅院》的摄影集翻开来看，那上面淡淡的鼠灰色的世界，实在是太遥远了。

　　瑞秀已经上班去了。虽然和曼克同居了，但瑞秀不肯辞掉她在书店的工作。要成为一个作家！在加尔答黑尼亚度过了少女时期的这个中国姑娘怀抱着一个虚幻的人生愿望。没有朋友，也没有什么可以托付的人，瑞秀独自一人踏上了北美大陆，终于抵达了曼哈顿。在这一带漫无目的地游逛着的她，对是在电影还是书里看到过的这个书店的名字怀着依恋踏进了书店的门槛。那时她的头上已经拖着一根金色的"鸟尾巴"，穿着破破烂烂的长筒袜，用一种居高临下的目光看人。这一带也有些不拘一格的老板，瑞秀找到了工作。当然，那是违法的。她的旅行签证已经过了期，已经自动加入到了非法居留的行列里。

　　瑞秀还是孩子的时候父母就去世了，是经营着中国餐馆的远房表叔把她带大的。表叔的那个家族比她的父母更早来到这个国家，表叔是那支漂洋过海的家族中最后的一个男人。他出生在哥伦比亚，和当地的姑娘结了婚。他们生了一个儿子，和瑞秀一起过。日子就靠一个叫"特快仙界"的中国快餐馆维持着。这家店里所有的菜都配上几片切好的面包端出去。当然，店里面也没有放筷子，百分之九十的客人就着可乐吃。剩下的饮料就是啤酒。瑞秀到了纽约才知道，真正的中国料理并不是这样的。在"特快仙界"里，炒面就是面条、面包，另外还配着一小碗白米饭。

那个修行和尚的桌子靠着窗，朝北，和帝国大厦之间有一个适当的距离，是一个可以远眺的好窗口。桌子上收拾得很清爽，看上去几乎没放什么东西。唯一的一个银相框里，放着他和瑞秀在笑着的照片。修行和尚是个大个子男人。头发被剃光了，不知道是什么颜色，眼睛透明得让人担心他什么都看不见。他看起来更适合穿"拉尔夫·洛朗"这样的名牌，可就是搞不懂他为什么选择了这样一种人生。而且，和尚的服装看上去对他也并不合适。

泡上了咖啡，她舒了一口气。终于能够住下来了。现在这个空间就是属于她的。眼镜在桌子上排列着，有五副。当然说不上五副全是那种洒脱的、趣味高档的东西，她明白这一点。婕斯就是喜欢这一点，她喜欢它所具有的那种能一瞬间改变心情的魔力。她也想做这样的衣服，那种很得体的有线条的服装她根本就不想要。本来她也并不是想要搞什么服装设计，只是她的母亲想让她来留学，那就来吧。母亲现在正经营着父亲曾经营过的纺织公司。

到底想干些什么现在还不是太明白，只是想先干干看。不管

是什么都会成为过去，都会消失。心情好得很，在见都没见过的
和尚的床上，和在圣保罗的家里一样享受着舒适的睡眠，在没有
一个人的屋子里啜饮着咖啡，婕斯觉得，这时的自己，要比过去
的自己更像自己一些。

　　对吃的东西毫不讲究，是瑞秀的好处。她不拒绝把任何东西
放进嘴里去，用她优雅地闪亮的米粒般的小牙齿咀嚼着。她闹不
清楚味道是什么东西。不管是婕斯为她做的富有营养的菜汤，还
是刚才煮过了头撂在一边的意大利面糊，她都能以同样的笑容一
扫而光。这时的瑞秀，就会带着一种不禁令人凛然生畏的纯洁的
表情。

　　"你说，圣塔费在哪儿？"

　　吃了晚饭，血液可能全集中到了她的胃部吧，她疲惫不堪地
横躺在双人沙发上嘀嘀咕咕地问。

　　"哪儿的圣塔费？"

　　"北美的。"她说起了西班牙语。

　　"不知道。"

　　婕斯说着，从书架上找了本地图。对这个第一次听到的地
名，两个人像小学生似的认真地查找着索引，翻到了指定的那
一页。

　　"啊，原来是这里。"

　　在大陆深处找到了这个城市。仿佛这就足够了，瑞秀粗暴地

把地图册合上。

"今天，曼克从那儿寄明信片来了。"

空无一物的沙漠的背景上，肉色的炉子里冒出一股烟垂直地爬上天空。翻过明信片，后面用赤裸裸的语言抒写着见不到瑞秀的寂寞。婕斯读了读，脸红了起来。

"他很爱你哩。"

除此以外婕斯不知道说些什么好。她用女孩子特有的那种满怀羡慕的声音说。她专门用了用那种富有磁性的声音。

"我可没有这么想……"

瑞秀从黑皮沙发上探起身来，认真地说。皮沙发和肌肤摩擦出了"哧溜溜"的声响。

"我和他又没性关系。"

"什么？"

正要准备洗碗的手停住了。婕斯想听听瑞秀接下去怎么说，重又坐回到了地毯上。

"也没什么别的理由，自然而然就这样了。"

在那家书店里干了三个月非法的临时工，瑞秀遇到了曼克。曼克在那家书店里找到了一本他找了很久的法国乡村修道院的菜谱，他兴冲冲地走到收银台前，接着他就发现了一个他所需要的更大的东西。当场他就说服了瑞秀，邀请她出去吃饭，周末就让她搬到了他的寓所。对曼克来说，这从来没有过的经验（邀请姑娘）中，伴随着又一次经历自己的少年时代的那种新鲜感，以及对自己青春年华的怀念。而对于瑞秀，那时她正寄居在她的加尔答黑尼亚时代一个朋友的朋友的公寓里，曼克的邀请正是逢其时。

瑞秀在这座城市里的第一个冬天不久就降临了。暖气早已像柔软的棉花覆盖了整个建筑，屋子里面循环着无可非议的幸福的空气。最初的那个晚上，曼克只要求她把衣服脱了。要是碰上一个变态的家伙怎么办？瑞秀踌躇了一个瞬间，在这一瞬她想到会不会被这个穿黑衣服的家伙残酷地杀掉。后来还是她那种马虎而果断的气质占了上风：就是被杀了也算兴之所至吧。她边想边开始脱她那双到处是洞的破长袜子。她脱了曼克当作礼物买给她的暖暖的黑高领开司米上衣，脱了在乌尔华斯买的黑超短裙，一直到脱了亚历山大超市买的那种便宜货、宇宙服一样闪闪发亮的乳罩和三角裤，曼克才缓缓地点了点头，好像是在说够了。接着他点着了香炉上的线香，在香炉边上坐下来，盘起了双腿，突如其来地开始了他的冥想。过了许久，在双人沙发上团成一团窥视着他的瑞秀，终于确信自己找到了一个安全的住处，紧张感一旦解除，她马上就被淡淡的睡意吞没了。

当她醒来的时候，已经结束冥想的曼克就坐在她身边。"你把我当成了每天要拜的菩萨了……"瑞秀带着满足了的愉悦的口气说。曼克把她带到为她准备好床铺的客厅里。就这样，瑞秀开始了她新的生活。

"要是这样，曼克就算不上是你的什么男朋友。"

婕斯总算开始洗碗了，她在厨房里大声地说。

"也不是这意思。在你们国家，不做爱就算不上情人了？"

"…………"

"再说他是个和尚。要是想到这一点，我还算他的女朋友吧。虽然我们一次也没谈过这方面的事。"

"哎，还有个问题——那他是怎么修行的呢？我是说，他是走着去的呢，还是，怎么说来着，那个词？我在电影里看到过的，嗯，就是藏在货车里横穿美国的人……"

"扒车的人。"

"对了，就叫扒车的人。他就像扒车的人一样旅行吗？"

"说什么呀。他是将来要继承一个大寺庙的精英人物，当然是开自己的车出去的啦。就在门口，我招着手说着一路顺风把他送走的。"

不知道整个北美到底有多少个寺庙。不管怎么说，曼克的旅行才刚刚开始了一个星期。

婕斯成了专门管理邮件的人，瑞秀早早地出去工作，婕斯中午前在家，快到中午邮递员来的时候婕斯就把别人寄给曼克的邮包往房间里搬。瑞秀没有订杂志，没有其他城市的朋友，也没有申请过什么银行的金卡、银卡，除了曼克寄给她的明信片不会有她的邮件。今天，婕斯第一次收到了她自己的信，是妈妈寄来的。"跟旧金山出身的在哥伦比亚大学攻读印度哲学的中国女华侨要搞好关系。"妈妈在信里说。婕斯给家里写信时把自己同居的朋友给胡吹了一通，她不想要家里担那些不必要的心。

妈妈继续建议道："英语学校的入学手续要早些办，虽然选定了服装设计学校去留学是件好事情，可这个专门学校也应该认真选一选……"

妈妈是在巴西出生的，一次也没去过韩国，会做非常好吃的黑豆肉饭；是个美人。婕斯淡淡的黑肤色，就是她母亲传下来的。

什么英语学校，婕斯根本就不想去。"我会找到更适合我的学校。"婕斯对自己说。在这封长信的最后，妈妈没忘记叮嘱她要早点去她奶奶那儿一趟。婕斯已经拖了很久了。

没办法，婕斯把笔记本翻开来，敲下了李太太的电话号码。

婕斯是第一次到新泽西，还是孩子的时候，她和祖母见过一面，当然她已经一点也不记得了。为了和别的从韩国来的亲戚们一起生活，祖母那辈人才离开了圣保罗来到这里。自从婕斯的父亲去世以后，祖母在她的心目中就成了一个越来越遥远的过去的影子，更多的时候，她甚至说不清这个影子是不是还存在着。婕斯根本没想到过，她还会和她的祖母再见面。

　　她穿上了带着的唯一的一套正正经经的服装。至于眼镜，今天就算了。

　　祖母似乎已经把葡萄牙语全给忘了。对自己的后代还在那块土地上生活着这件事，她带着由你们干去吧那种早已疲惫不堪的表情。她就带着这种表情直愣愣地把婕斯瞧了又瞧。当然了，像英语这样的东西，老祖母是肯定说不流畅的。

　　那个婕斯也是初次见面的，应该算是她堂兄弟的人，帮着把祖母说的话翻译成英语。

　　"婕斯呀，你真是变漂亮了哟……可你那头短头发，是怎么回事呢？对你可是一点也不合适哩。还有啊，你的皮肤，怎么回事？太黑了一点嘛。你已经几岁了呀？很久很久没见面了不是？对了对了，将来结婚，可一定得找个韩国人，我对你的希望就只有这一点点了哟，其他别的就没什么了。好好地学习。跟这里的家人也要多多联系，不联系可不好。"

　　"哎。谢谢奶奶。"

　　婕斯的血液中一种来历不明的感觉急速地膨胀起来，弯弯曲曲、忽伸忽缩的幻觉压迫着她，使她觉得自己像一个柔软的尚未定型的东西。祖母以她看不见的力量，正企图把她散在世界各处的种子整顿起来。祖母看起来似乎觉得婕斯很容易就能重新被她心灵的绳索捆绑起来，收拾到她的怀抱里。

　　婕斯越来越搞不懂自己是从什么地方来的了。不管从哪来的都行啊。其实就连祖母，也把流逝的时间和地点搞得混乱不堪，拼命想在自己的生活中搞出一个坚实的基础。反正，不管怎样，我可帮不上这个忙，更不可能让她感到满足了……回到公寓后，婕斯边脱着外套边这样想。

因为一大早就出了门，现在还只是中午刚过。虽然已经是九月份了，外面还是热气蒸腾，街上飘浮着浑浊的气息。婕斯不想开窗，把冷气开大，一点点啃着刚才路上买回来的夹着蛋和生菜的三明治。

瑞秀和往常一样重重地撞开了门，后面跟着一个男人。

"啊，婕斯。怎么那么快就回来了？"

"嗯。在那里不大舒服……"

德国男人有着潇洒的相貌和体格，是个在电影学校上学的留学生。瑞秀在上班的店里，不讨厌和她打招呼的男人。有时有人邀她去海边玩，她也就跟着去了。

"婕斯也去吗？喂，一起去吧。"

"太好了，今年的海滨浴场快结束了呢。我开车去，一起去吧。"

这个男人的感觉不算坏。婕斯从箱子里拽出了游泳衣，很快就穿上了，然后再穿上她的裙子。

男人的车是摄影用的面包车。心情变得一塌糊涂的瑞秀紧紧抿着嘴，男人把理论上的专用名词排列起来，正试图向她们说明他喜欢的电影。婕斯边期望着大海在眼前展开、晃眼的柏油路赶快结束掉，边做出一副倾听那个男人倾吐学问的样子。就连他说的那些导演和电影的片名，对婕斯来说也是一些陌生的东西。这些东西会变得怎么样，婕斯根本就不想知道。

接着，海滩出现了。在男人去买饮料的时候，瑞秀百无聊赖地咕哝道："什么呀！这也算什么海滩？"

对这个夏天一次也没被阳光暴晒过的瑞秀白嫩嫩的肉体，那件藏青色的毫无特征的连衣裙泳衣看起来挺合适。

"真是的。这样的海滩简直像个假的。"

婕斯从海滩上收回了目光，那里混沌的波浪在温吞吞地拍击着。她在低矮的草丛边上脱下了裙子铺好，躺下来闭上了眼睛。

初恋的男朋友曾带她去过真正的海滩，带着她到远远的地方去兜风。当然，不是那种混杂的海滨浴场，是更静悄悄的看不见人影的地方，海是真正海的颜色。这个比她高几届的巴西男学生，婕斯连他的脸和是怎么搭上关系的几乎都忘记了。但那样的海让她怀念，这里看不到那样的海滩甚至让她感到悲哀起来。对于巴西，极少让婕斯能感到它是自己的祖国，只是因为母亲和哥哥住在那儿而已。另外，就是朋友。经常想起的是那儿的海滩和食物，再加上嘎拉纳果汁，就是这些吧……呵，仅此而已。不比这些更多，也不比这些更少。

"真蓝，那样的水。"

"我知道，别跟我吹。"

"我知道的才是真正的海滩呢。"

"说什么呀，就是这个不能让你。"

"哼。"

"真是蓝……简直。"

她看了看，瑞秀的眼睛里浮动着一层泪光。

"嗯。蓝得简直说也说不出。"

他们相互说着一些孩子气的话，只要想起海滩，就连婕斯也忍不住想哭。

今后会去哪儿呢，会在哪儿住呢？婕斯一点也不清楚。自己还是刚刚起步呢，还只是一个享受着漫游的快乐的姑娘呢。但将来总有一天会变成老太婆的吧，变成老太婆的时候希望能够住在海边上。不是巴西也行啊，不是那时的海滩也行啊，就是想在真正的海边住下来。瑞秀恐怕想的也是一样的吧……婕斯这样想。

"你的游泳衣真棒，是想让我馋死吗？"

买了可乐回来的男人俯在她耳边说。

到这种程度吗……她看了看周围，果然穿婕斯那样泳衣的一个也没有。这个国家的泳衣似乎是为了把人的身体给盖起来。巴西不一样，在那里，人们比赛着露多少，遮多少，只用一块小小的布。婕斯没理那个男人的话，在微风轻拂的沙丘上，迷迷糊糊地睡了过去。

帮瑞秀把头发剪了。瑞秀说那根"鸟尾巴"是在中国城里的美容店里剪的，现在虽然把它剪短了，但金色的部分仍然保留着，婕斯帮她用头巾像阿拉伯人那样裹起来。这一来，和瑞秀粗率的性格相反，她开始看起来像个楚楚动人的中国姑娘了。婕斯恳求她别再穿那些破破烂烂的长筒袜子了。婕斯虽然喜欢瑞秀马马虎虎的性格，但要是瑞秀打扮起来就更好了。

"瑞秀这个名字是什么意思？"

"不知道。好像是爸爸妈妈给我起的汉字名字。把我带大的叔叔汉字不会念也不会写。瑞秀只是一个读音罢了。我也不知道这是哪两个字，连是什么意思都不知道。"

"发音听起来挺棒。"

仅仅是一个发音，仅仅是发音留了下来。就在此刻，偶然地，但却是那样自然。瑞秀这两个音节像一朵花那样在此时此刻漂浮着，而最初的意义却早已丧失，也不再有寻求它原始意味的路径，仿佛它从来就不曾存在过。

婕斯今年已经二十岁了，还没有真正地恋爱过，就像选择国籍一样，对谁也没法做到一见钟情。但是想到瑞秀，想到瑞秀帮着自己在这里住下来，想到没有归宿却四处漫游的曼克，除了恋爱激情以外，人与人之间的关系要丰富得多。想到这一点，她虽然过着孤寂的日子，却也不由得感到安心下来。

"瑞秀，你几岁了？"

"快二十四了。"

"那今后你想怎么办呢？……当然，是很久很久的今后。"

"这种东西，我可一点也不知道。"

"你不是想写小说吗？为什么不写呢？"

"曼克也问过我这个，还帮我买了打字机呢。那时我干劲冲天地想，干吧，好好写。可就是写不出来。不管怎么说，现在我写不出。"

"为什么？"

"我真的只喜欢小说，别的事情怎样都可以。每天的日子，不管是单纯地过日子，还是为了让自己快乐起来的那种生活，我总会在自己和生活之间产生出一个距离，像在远远地观察着它。可是一坐到打字机前，不知为什么就是想吐。"

"什么都不写吗？"

"我试着写过，也写了一些。可是，第一天、第二天，这样持续了一段，我突然发现我的脸变了，一点点变得难看起来。不知道是什么地方，真的越来越难看，每天都变。"

"但是，瑞秀，你真的是很漂亮哩。"

"是吗？我的脸一半已经变难看了，再也变不回来了，只要写东西。写作真是一个让人变难看的活。只要在打字机前坐上十天，脸就会从外向里一点一点变进去，你懂吧。那种年轻的、细心化好妆的、一条皱纹也没有的脸，那种外向的脸，不管是不是坐在打字机前，那是一个字也写不出来的。所以啊，先必须好几个小时什么也别干就这么待着，变得谁也不想见，变得没有白天也没有黑夜，甚至连什么时候该吃饭了也变得没个准。只要这样搞上三天，慢慢就会从内心深处，有点不安的、毫无自信的、没有见过但肯定是属于自己的那张脸就会浮现出来。这时候只要熬住了别吐，终于就会觉得能'唰唰唰'地写下去了。这样持续下来的话，写作生活就开始了。"

"这太不健康了，不管怎么说。"

"就是。男作家怎样我不知道。可是，要像一个女人那样过日子，又想要写作，对我来说，两个都想是不可能的。所以就变成了现在这个样子。再过几年、几十年，我想用健康的不难看的外向的脸过日子。到那时候，要是我对打字机的感情还没变的话，我就接着写点什么吧。"

"真是的，听起来怪怪的。像脸这样的东西，分开来不行吗？"

"试着干过，不行啊。"

"是吗？那就让我也好好化化妆，你是去约会吗？"

婕斯闭着眼，仔细地在眼睑上涂着翡翠色的粉。当时她非常想偷偷地窥视一番那张逐渐向里变质的瑞秀的脸。

去城区时她们总是喜欢乘巴士，而且总喜欢乘到第六大街。她们早早出了门，这样就是堵了车也没关系。

特立尼达和多巴哥、巴巴多斯、玻利维亚……这条大街上南美各个国家的国徽的金属板从车窗逐一滑过，让婕斯和瑞秀感到一种无形的力量。这条街还有一个名字叫美洲，是美国这个词的复数。美洲绝不仅仅只是美国。这条大街的顶头是中央公园，而另一头则似乎是无限伸展到中美、南美那些自己从未去过的国家，伸展到自己的故乡。想到这一点，婕斯靠在车椅上的背挺直了一些。

最近每天早晨都是坐巴士，然后在第四十六号街的街角下车。

瑞秀告诉她这里集中了巴西系的餐厅和杂货店。婕斯一听说就去看了看，而且就在那儿的一家叫嘉里奥佳的餐厅里找了个工作。情况紧急的时候，婕斯就会像动物一样变得敏捷起来。

凹凸不平的煤灰色的墙，说不上是宽敞的餐厅，可婕斯就是喜欢店里那种陈旧自然的气氛。让她更开心的是在这里还能吃上黑豆做的小菜。到了中午时分，客人排的队会一直排到街上去。

先在这里干上一段时间再说，今后的事情今后再考虑，怀着轻松的心情婕斯开始干这份活。用葡萄牙语让客人点菜，看到客人吃惊的样子婕斯很高兴。就这样，婕斯顺当地把这份违法的临时工作干了下来。

一天，另一个李先生走进了嘉里奥佳。已经过了午餐时间，餐厅里客人差不多都已走空。婕斯小心地用英语让这个人点了菜，正拿着嘎拉纳果汁过来时，他悄悄问道：

"你是哪儿人？"

　　婕斯知道，就像那个出租车司机李先生问她那样；就像婕斯在遇到瑞秀的第一天问瑞秀那样，这个陈腐不堪的问题其实并无恶意，只不过是表示对你有兴趣而已。

　　对这个并没有多加注意的客人，婕斯重新看了他一眼。高个儿，落落寡合的样子，一个看上去不是很有钱的东洋人。英语说得很好，不是在美国出生就是在美国长大的。

　　"刚从巴西来。"

　　这句话说到一半，婕斯注意到他的表情变得柔和、亲近起来。

　　"是韩裔吧。是不是混血儿？是第一代还是第二代？"

　　婕斯像自然史博物馆里的韩裔巴西女性标本一样，抵挡住了他让人难为情的目光。

　　滑溜溜地真是快活。接受第一次见面的男人的邀请，然后就上了床。在做爱时婕斯抚摸着男人臂膀上圆滑的曲线，用脸颊磨蹭着它。这是不是有点不大严肃？李先生和婕斯以前有过关系的男人们大不一样，简直就像是另一种动物。像水的压力向植物内部渗透，婕斯的肌肤贴紧着他的肌肤。

　　不是恋爱，当然也不是情欲。但要是能这样彼此之间毫无隔阂地拥抱着，冬天裹着丝绸，夏天裹着麻纱，互相亲吻互相抚摸着过日子，也真不坏。婕斯想，刚才挺愉快。她又一次轻巧地滑进了睡眠，直到天亮。

　　李先生的皮肤比婕斯更柔软更富有弹性，像暗色的鹿皮那样蕴含着体温。看到他穿起外套时又变成了那种有点厌烦的男人的脸，婕斯不禁有些胆怯起来。

　　这个首尔出生，在波士顿学习的学者，对还想睡一会儿的婕斯用强调的口气说：

　　"哎，婕斯。听我说。我正在调查世界各地的韩国移民呢。再说，我对你也有兴趣。我就想认识像你这样的姑娘，做做调查。"

　　"什么？"

　　"对不起，可别生气呀。再说我对你好像也变得非常喜欢了。你这个人，能量可不小，像我这样的人还真抵挡不住。喂，婕斯。你是来这里干吗的？我明年想到巴西去，去搞研究。喂，不和我一道回国去？一起生活，一起旅行，写写书。和你在一起，生活就没什么可怕的了。"

　　"说什么呀，这家伙。"这个婕斯久违了的短语又一次在她的心中响起来。婕斯起来穿衣服的时候才发现自己像是躺在一个棺材里，整个房间只有一个床铺大。

　　"我这个人，混血混得一塌糊涂，我简直就闹不清自己是个什么东西在过日子。我就喜欢这样的城市。我就想知道在这里韩国人是怎么生活的。"

　　"要说这个呀，这个城市才是……"婕斯这样应付着，一下子沉默了下来。

　　为什么又想要恋爱了？为憧憬所诱惑，为激情所牵引？为什么想要踏上遥远的旅途？在什么地方不都是一样的吗？无论在哪里，在你所向往已久的地方，在你确信是一片乐园的土地上，就是在那里，你也会发现那里无非是另一些人在过着日常的生活，你也只能在那里寻找到一些普普通通的活着的人而已。

　　就说那个让李先生兴奋不已的巴西吧，那里同样有无穷无尽的该死的家伙在愚昧地混日子。婕斯太知道这个了。就是婕斯现在住着的这个城市里，还不是同样如此？尽管如此，尽管没有意义，就是想在这里住着瞧瞧。瑞秀和婕斯商量过，要是有了很多钱的话，就一起到东京去。李先生讨厌东京，去了好几回了也习惯不了那地方。她听他说了，可就是还想去。

　　李先生，我看起来要喜欢上你了。可能，已经喜欢上了也说不准。因为你有那么棒的皮肤，你肯定是个纯洁无瑕的人。可我想的和你肯定是不一样的。我只是喜欢你的皮肤，这就是全部。我是那么喜欢它，无论我跟你走到哪里都可以那样喜欢它。

　　我可不想回去。我是来学服装设计的，刚来呢。我不想回国。

　　婕斯留了一个虚构的电话号码，离开了李先生住的那个看起来不大干净的旅馆。她迈开步子，一步步越走越轻松。快到家的时候，心里只留下一个想要冲个澡的愿望。

所以婕斯讨厌做爱。当她一点一点啃着一个犹太人开的快餐店里做的那种厚得根本吃不完的三明治时，一整天的记忆像断了电的电脑屏幕，图像唰地消失了。

从那以后，李先生没再来嘉里奥佳。

"已经三点都过了，店门还开着呢。再不关上客人又进来了。"

争分夺秒想让活快点干完的婕斯对老板说。

婕斯跟着瑞秀在一片暴雨中奔向巴士，终于赶上了，她们推开车门跳了上去。

当她们进门的时候，注意到玻璃和玻璃之间有一个黑色的小东西在动，可能是只鸟。

瑞秀昨天发现曼克的银行账户出了点小毛病，今天来这儿核一遍。再不来的话，连电话都要被停掉了。

婕斯坐在沙发上等，只剩下三两个客人了。一个看起来像负责人的人正在关着临街的大门，门外，能看见几个过路人停住了脚步，穿着一本正经西服的负责人手上拿着一根拐杖。出了什么事，婕斯向门口走去。

是蝙蝠，刚才不知从哪里飞来的一只蝙蝠钻进了回旋的玻璃门，怎么也飞不出去了，现在它终于筋疲力尽掉到了地板上。就在那时不知是谁推门进来，把它卡在了门和地板之间，蝙蝠还在苟延残喘着。大概就是在婕斯她们急急忙忙地冲进来时把它给卡住了。

　　这个黑乎乎的东西看起来难受得很，但还没有死。婕斯站在一边毫无办法，看着那个男人用拐杖对着蝙蝠乱捅。把它从门和地板之间搞出来后，拐杖顶着它像顶着一团脏东西，把它推到了路边。婕斯一直看着它直到它又被捅了一下后，掉到了路边流着污水的沟里。外面看着的人群散开了。

　　瑞秀的手续办完了，婕斯牵着她的手从后门出来，不知为什么硬是想要再转到前门去看一看。

　　小沟的污水里有一块凸起之处挡住了水流，小小的水泡就从那里冒出来。她们在那里站着看了一会儿，蝙蝠快要窒息了，它从水面挣扎着冒出头来，扑腾着一浮一沉地喘着气，似乎叫救命似的颤动着翅膀的根部。让人联想到尚未成形的胎儿被扒出来后，就要扔到炉子里去的那个瞬间。"哟，这不是蝙蝠吗？从哪儿飞来的？怎么掉到这里了？呀，快死了呢。喂，有没有棍子什么的？救救它吧。"

　　瑞秀向街边的一棵树跑去，使劲折着树枝。

　　两个人正埋头看着掉光了叶子的树枝时，一辆大型道路清扫车过来，司机粗暴地踩下了刹车，在这个小小的空地上停了下来。

　　搭在沟沿上扑腾扑腾挣扎着不让自己被淹死的蝙蝠，一瞬间死于一场交通事故。

已经没有勇气再去看沟里的污水了，两个人在洛克菲勒广场上久久伫立着。婕斯想问问是不是她们进门时把这只蝙蝠给卡住了，但结果还是没问。瑞秀肯定没有注意到这一点。

到上个星期为止，海边还放着的若干个大遮阳伞，被全部收起来了。吵吵嚷嚷的屋外餐厅随着溜冰季节的来临，只剩下了一个长方形的一无所有的空间。雨水落在那儿，却无法渗进地面，黏糊糊地流了一大片。瑞秀直愣愣地眺望着这片空荡荡的风景，孤孤单单地念叨着："蝙蝠是幸福的象征哟，妈妈告诉过我的……"

只要再有一点时间就能把蝙蝠从路旁的水沟里救出来了，婕斯感到很不开心。但是，要说不开心，现在自己的事情才真是让人不开心。在巨大的城市里幽灵般徘徊着，想着满怀激情地去爱一个人，却不知道有谁可爱地打发着日子。要是真像瑞秀说的那样，对那只象征着幸福的鸟，自己没有更努力一点把它救上来，没有更努力一点抓住自己的幸福，婕斯感到有点受不了。

"哎，瑞秀。我们是不是不恋爱就不行？不认真恋爱就不行？"

"咦？婕斯没在恋爱吗？我可是要去恋爱了。决定了，就是现在。"

终于耐不住那让手指一片冰凉的雨，她们决定去喝一点热的东西。进了一家咖啡馆后，瑞秀坦率地倾诉起来。

"知道吗？在苏联的哈萨克那儿住了许许多多朝鲜人呢。是从国境附近被硬拉过去的。说是在那里住下来的第二代、第三代都已经不想再回去了。"

"那又怎么样？"

"我的那个人，就是研究这个的呢。"

婕斯一下子精神集中起来。

"怎么从来没听你说过？什么样的人？你的那个他。为什么要把他藏起来？你可够狡猾的。"

婕斯装出一个快乐的表情，问。心里祈祷着可千万别是那个李先生。

"藏什么呀。我上个星期刚遇上他的。说是从波士顿来这儿工作的，偶然去了我们那个书店。他看了我好一会儿，才开口问我说喂你是哪儿人。"

这家伙……婕斯觉得血一下子冲到脑门上，接着她又开始为瑞秀担心起来。也许那家伙只是一个胡说八道的骗子，也许他只是一个在曼哈顿转来转去骗骗东方姑娘的韩国杂种。"那么，睡过了吗？和那家伙？"

"没有。才刚见面呢。而且现在的世界到处是艾滋病，随随便便的可不行。"

瑞秀撅起下巴，像成年人似的呷着咖啡，不停地呷着。

"可是，我像是要掉进去了，这可是头一回。曼克是另一回事，他只是个和尚而已。那个人，嗯，全身的皮肤都是滑溜溜的呢。"

"原来是这样。那你怎么知道的？那个，嗯，那个全身滑溜溜的……"

瑞秀笑了起来。

"笑什么，告诉我！"

"我想胸脯什么的就让他摸摸算了。结果他超水平地兴奋起来。他亲我奶的时候，我摸着他的背和肩膀，很舒服的。我才知道就这么着我也能完全满足了。"

"那个人，他说了爱你吗？"

"那当然。就让他摸了摸胸，比我到现在为止所有的做爱都要来劲……嘿嘿，有点夸张是不是？"

那杂种，完全不能原谅他。

那天晚上，婕斯上床过了一会儿，"砰"的一声门被撞开了。瑞秀似乎除了这样就不会开门。婕斯当然醒过来了，但没起来。接着浴室的门又"砰"地响了一声，"哗啦啦"地开起了淋浴。

穿过几重墙壁、隐隐约约透过来的声音，自然而然地落进了婕斯的耳朵里。此刻，就是这个瞬间，一个想法在她的头脑里赶也赶不走，应该把它解决掉，婕斯想。她起身跑到浴室门前，"帮帮忙，给我看看你的奶。"婕斯没说为什么就对着浴室里面说。

等了一会儿，瑞秀裹着曼克的浴巾走出来，一副不可思议的表情，直冲冲地走到婕斯坐着的桌子前。毫不做作地让吸了水的厚厚的白色软绒布浴巾从肩上滑了下来。她搞不明白婕斯挑战的目光中所含的意味，但默默地按照婕斯说的做了。

小小的但结实的乳房上，鲜红的乳头挑逗似的颤动着。李先生认真地吻过那儿，就在今晚。这样的事倒是无所谓。从中心处那一点点红散发出来的那种波长特殊的光线，让婕斯的心受到疼痛的一击。我服了你了，她叹息着想。

对自己曾有自信的乳房，婕斯渐渐感到它只是一个毫无美感的肥硕的肉块。呀呀，真是太讨厌了。她已经不再只是责备那个李先生了。

瞧，从瑞秀的乳房上传来一股诱人的气息，那种鲜红简直是非同小可。像什么呢？婕斯想。

对了，就像什么时候在圣保罗的德洛瓦克罗餐厅吃过的甜点心上的小小的野草莓。小小的、坚韧的，富有弹性。那是一种稀有的小水果。毫无疑问，瑞秀是一个上等的中国姑娘。

"你怎么了？婕斯？我已经给你看过了，你的也给我看看嘛。"

还不明白那对小水果的价值的瑞秀，把两肘撑在桌上，像少女般微笑着。

"算了吧，没什么。睡吧。"

婕斯又跑回了她的房间。

李先生什么的，早已从她的脑海里消失了。

唯一让她感到后悔的是，和刚见面的男人就做了爱。只因为他的皮肤太光滑了，就干了起来，这是个错误。如果那时只是让他摸摸胸的话，那个男人肯定会爱上她的。结果还在为李先生的事情伤心，另一个婕斯不禁笑了起来。

雪把整个城市都包了起来，毫无放晴的迹象。一过了年瑞秀就去了波士顿，那以后天气就一直是这样。瑞秀不是在圣诞期间去会她的男朋友曼克，而是和李先生两个人为了去巴西离开这儿的，他们不准备回来了。

"那个他，和你同姓。你不觉得偶然吗？"瑞秀问。"真想把他介绍给你，三个人一起去吃饭不好吗？"瑞秀邀她的时候，婕斯找了个借口推掉了。

收拾行李只花了五分钟，瑞秀的东西少得出人意料，几乎都是借了曼克的东西在过日子。打字机送给了婕斯。也给瑞秀一个什么东西吧，可想了半天也没想起来该送什么。瑞秀正在往箱子的最上面塞着那件去海边时穿过的游泳衣，对了，就给她我那件在巴西穿的游泳衣吧。婕斯把它从自己的箱子里翻出来，和瑞秀的那件短裙式的游泳衣交换了。"在那里短裙式的游泳衣是最差劲的了。"婕斯静静地关上房门时对瑞秀说。

送她到歇里坦区的地铁站台，晃晃荡荡的列车滑了过来，只打开了最后一扇门，瑞秀从那里消失了。就这样结束了。

"以后的事就拜托了。"

她只对婕斯说了这一句。

所以，只有等待。一天又一天，婕斯报名的那所服装设计学校按照预定二月份就开了学，婕斯找了一家新的公寓。可是，为了瑞秀的那句话，婕斯一直在这里等到了今天。

认认真真地把屋子打扫了一遍，曼克的屋子已经看不出婕斯曾经住过的痕迹了。自己的行李大半已经搬到了新的公寓。婕斯在客厅的瑞秀的床上睡，然后上午赶到第六区的加里奥佳。人这个东西，很快就会适应新的节奏。至于在什么地方生活，在根本上是一样的。

夜已深沉，雪还看不出要停的样子。婕斯的两肘撑在曼克的桌上，远眺着帝国大厦。穿过暴风雪，模模糊糊的斑斓的灯光显得更美丽了。婕斯发现此刻空中的色彩组合和往常的不一样，她最喜欢的就是肉色和粉红色。

桌上的照片还和过去一样放着。她非常想对着那双清澈的眼睛说，只要把一个女人扔下半年，女人肯定会跑掉的。

寄些连发信地址都没有的明信片，连一个电话也不打，要是瑞秀在这里死了怎么办？最后的一张明信片是从克利普朗德寄来的，上面只写了回纽约的日子。

已是半夜了，婕斯因为什么也没吃，无精打采。要是今晚回不来的话，打一个电话回来多好！要是这样的话，自己就能回到自己的新公寓里，等曼克回来了再来。现在，婕斯可不想冒着风雪回去。

到客厅去取烟，她注意到走廊上有一个相当体重的人的脚步声越来越近。婕斯跑到了门前，打开了门锁。

比照片上的人要远为踏实得多，曼克姿势端正地站在门口，有着一张成熟的人格鲜明的脸。仿佛忘记了屋外的寒意，他只穿了三两件薄薄的衣服。是开车回来的吧，手上还搭着一件黑色的短外套。牛仔的长统皮靴上沾着雪。

婕斯本来只想着把桌上瑞秀的信、银行卡和文件，以及那一大堆邮件交给他就完事了。但她连这些都没做就默默地将额头贴在他的胸前，那里是他几件柔软的衣服，上面的花纹像电脑搞出来的图纹。

他的衣服比李先生的皮肤还要凉，而且那里散发出婕斯从未闻到过的毫无甜味的香料气息。

曼克仿佛支撑着婕斯似的一动不动。婕斯似乎是在蝙蝠的一双翅膀下，一个瞬间，她这样想，眼泪就汩汩地流了下来，再也无法停住。

这样就挺好，婕斯想。反正瑞秀也不在了，而且两个人都不知道该怎么办，这样就挺好。婕斯这样想了，想明白了，她停顿在那骨头粗粗的、敷满金色茸毛的臂膀里，等着下一句话，让眼泪就这样一直往下流着。

西安的石榴

王中忱 译

"撒玛利亚人是什么人呀？"

观光巴士里，身后的座位上，一位五十来岁、对将到达的前方去处颇具知识的房地产商模样的男人，大声地对他邻座的女人说。向窗外一看，在很远的山坡上，确实立着一块"撒玛利亚人医院"的广告牌。我想，那个"人"字，可能应该读成"hito"[1] 吧。但如果转过头去，把这想法说给陌生人，我也没有那样的自信。撒玛利亚人是什么样的人？是古代人吧，但现在好像也还有三百多人，在世界的某个地方不为人知地生活着。有一家宾馆叫撒玛利特努，是撒玛利亚人经营的吧。这样说来，在另外的一个什么地方，还有一家叫西奈山[2] 的医院呢。

为什么突然想起了什么撒玛利亚人之类的事情了呢？因为在从机场到市区的巴士里，我听到一个长相和那位问撒玛利亚人是什么人的大伯肖似的人，对一位像是他同事模样的人说："今天

---

[1] 日语的"人"字有多种读法，如"jin""nin""hito"等。

[2] 位于西奈半岛南部，据《旧约·出埃及记》，率领以色列人出埃及的摩西曾在这里接受上帝的"十诫"。

我们住宿的凯宾斯基饭店，从名字看，可能是俄罗斯人的饭店吧。"静静的巴士里，他的声音格外响亮。

从机场到凯宾斯基饭店，对所有事情都不敢确信的我，虽然自知有些冒昧，还是小声地试着向邻座那位不知来自哪个国家的年轻姑娘问了一句："凯宾斯基饭店是俄罗斯人办的饭店吗？"意外地，泉的脸转向我，同样小声地回答："可能不对吧。"这个人从此以后可能会成为我长久来往的朋友，她的笑容里，有一种无法言说的亲近感。

对方也凝视着我说："我对你的脸很感兴趣，下车后让我拍个照吧。""好呀。"我条件反射似的回答。即使相约一起去吃晚饭，我也会同样反应。对泉，当然那时候还不知道名字，但已经很想接近了。到了凯宾斯基饭店，在大厅里，泉把我的面容收进照相机，然后说："因为一件比较麻烦的工作，现在必须去见人。有空的话，明天，或者后天，咱们一块儿从容地吃顿饭好吗？"像我预想的那样，她说。还加了一句："反正你也住在凯宾斯基饭店。"

"不，我到这儿是等一个朋友，到朋友那儿住一个星期，再到别的城市，然后回日本。"我把此行的计划概略地向泉做了说明。"是吗，你是日本人呀，我也是一半日本人呢。""是吗，是日本人？原来是这样。"我很奇怪地表示理解。泉说："那样的话，把你那位朋友的电话号码留下好吗？"我特别叮嘱了一句："你住在饭店，请先往我那儿打个电话试试。"泉在她的名字"泉"的后面注上意大利式姓氏，告诉我说，她出生在罗马，一直在那里长大，但妈妈在家里一直说日语，还在海外日语教育机构学习过。"你看，我说一些日语还相当可以的吧。"她转换成语速很快且很有品味的日语说了一句，就和她的行李一起消失了。

而约好在这里见面的朋友，恰好这时候走进了大厅。从他那儿接过房门钥匙，又被邀喝茶。我和他很早以前就成了朋友，但因为总是选择他不在的时候——也就是他的房间空出来的时候来到这座城市，所以，我们一起喝茶的机会，至今为止还不曾有过。今天也是如此，为了多和我接触，他才请我喝茶，一会儿他还要乘凯宾斯基饭店的巴士去机场。

"好久不见了。"

"我们本来就很少见面嘛。"

"很早以前就认识了，并且一直借住你的房间，真对不起。"

离巴士发车还有一段时间，他在凯宾斯基饭店大厅里的咖啡厅落座，太阳还很高，他却要了酒。邻座的桌子旁，一位和邱永汉[1]酷似的老人坐在那里。

那以后，我并没有请他谈点儿什么，他却不无唐突地开始讲述起对于他来说所谓更为遗憾的相逢是什么——

---

[1] 旅日华人作家。

"我和她，是在某大陆的某座城市，在一个并不很重要的开幕式或开业庆典上，反正是那种把如有时间请来出席的通知寄发给许多人的无关紧要的集会上相遇的，更准确地说，是撞上的。会场设在高层建筑的高层上，电梯快速地向我将去的楼层运行，关闭的电梯门'砰'的一响，一个女人撞了进来。电梯门紧紧闭合，只装着我们两个人的电梯厢快速而又略有些震颤地向上飞升。"他说道。

尽管是座高层建筑，电梯到达会场也只用了不到一分钟的时间。可是，在电梯里，两位手里拿着同样请柬的人相互做了自我介绍后已经感到意气相投。在会场上，两人继续着电梯里的谈话，也不再等已经约好的朋友了，悄悄地溜了出去，在下降的电梯里，就开始提心吊胆地接吻，然后在他的房间里，梦幻般地搂抱在一起。在爱的世界里，竟有这样的间隙。深夜他突然醒来的时候，窥望着她成熟的白雪公主般的睡容，不禁暗中窃笑。她说自己已经结婚了，而他也和两三个女人有来往。这些，此刻，对于他们刚刚开始的关系来说，都是微不足道的小事。

就这样，不久她怀孕了，是她的第一个孩子。她肯定地说，是她已经渐渐疏远的丈夫的孩子。那是在和他相遇的前一天仅有的一次偶然冲动。

她说，丈夫的工作非常忙，虽然还没有明说，但他们都想到了即使离婚也没有关系。"如此巧合，真不如，要是你的孩子该多好。"她叹息说。"那样的话，那时不用避孕套就好了。"他也叹息道。但随后立刻想到，即便如此，从开始的时刻起，自己就已经晚了一天，不由得苦笑了起来。

同一时间，丈夫到另一块大陆工作，她鼓足最大勇气说了自己怀孕的事，没有提到离婚，便在这座有新的恋人和自己工作的城市度过暧昧的孕妇时代。

他讲述说："所以，虽然我至今还是个单身汉，没有成家，但对于孕妇、生养和育儿的开始阶段，却特别了解。"

为什么这样说呢？因为他和她相识、交往，恰好和那段时间重合。这算是怎样的一种因果关系呢？和自己毫无关系，那是因为别人的夫妇行为造成的妊娠和生产，趁着她丈夫在东欧某地工作之机，他始终陪伴照顾她。有时，在某一瞬间，他也会觉得自己是个傻瓜，但对于来往不过数月的恋人最终还是会全身心投入。这也是毫无办法的事。

很遗憾，只是一日之差，却永远无法追赶、超越，即使如此，他仍然拼命地追求她，直到现在，似乎还不能了结。他紧紧攥着拳头，然后，喝着凯宾斯基饭店引以为傲的口味清淡却又浑浊的啤酒，突然恢复了平素常见的笑容。

这个人，艳闻很多，可能都是没有结果的恋爱，所以一直觉得无所谓的，这次不由得让人感到意外，本想继续听他往下讲，他却装成旅客模样，走进正在等人的凯宾斯基饭店的巴士里。到机场，坐出租车也不过几分钟，但他好像玩赌输赢游戏似的，因为凯宾斯基饭店地处市中心，无论进城还是出城，都一定从这里出发。并且他还很严肃地对我说："从机场过来绝对不要打的，要坐凯宾斯基饭店的免费巴士！"

　　阒无一人，他的房间位于可以瞭望全城的一座高楼的顶层。独自一人站在令人不敢放心的电梯里向上去的时候，想起刚才他讲述的男与女的相遇，连我也像打赌输光之后似的，满嘴苦涩。把钥匙插进锁孔。从前我借住的他的房子非常古旧，地面铺着人字形的地板块，覆盖着壁炉的是新艺术派风格的铁制花饰。那里可以宽敞地住十几个人，而这里却是个崭新、温暖的所在，小而整洁，没有住人的气息，只有他桌子上散乱的书籍，寝室里小山般堆放着的号码奇大的名牌衣服和鞋子，留下了曾经住过人的痕迹。

　　我钻进为客人准备的被单里，和衣蜷缩着，一直睡到第二天清晨。

　　清晨，我仔细看清楚他留下的牛奶的保质期，喝下用浓烈的香草熏制的留尼汪岛的茶，让头脑清醒过来。然后，想起了昨天在巴士里遇到的那位年轻姑娘——自称一半是日本人的泉。往凯宾斯基饭店打个电话试试吧！但刚要拿起话筒，突然想起昨天他交给我钥匙的时候，曾经特意交代说，直拨电话不太好用，请通过楼内总机使用内线电话。我留给泉的是他房间里的直拨电话号码，现在，我想应该把这座公寓里的内线总机号码留给凯宾斯基饭店的前台服务员，可是，泉已经退房走了，没有联系上。

　　到此结束。那以后，我和泉再也没有见面，也没有特别要见面的必要。有时候偶尔会想到，给她取了"泉"这个名字的母亲会是怎样的一个人呢？泉可能刚过二十岁吧，那么，她的日本母亲或许曾玩过"莉卡"娃娃吧，而"莉卡"的朋友就是"泉"。或者，因为在罗马出生，那里的特雷维喷泉……对于这位仅仅在巴士里坐过一次邻座的人，不知为什么却会时而想起来，然后，也就忘在了脑后。

　　那以后，也不曾有机会和那位"在他外出期间让我借宿"的朋友相见。有一次，他曾经来过东京，住在我的公寓里，走时把钥匙装进信封扔进我的信箱里，像我经常做的那样。我们一直这样互访，恐怕今生今世都无缘再直接见面。

　　在电子邮件上，他从来只写简短的几句。但上周却发来了长长的一封邮件：事实上，我和泉已经来往很久了。泉，记得吗？可能你已经忘记了，就是你在凯宾斯基饭店的巴士里遇到的那个泉呀，我们可能真的爱上了，谁都不好意思告诉你，对不起。那时泉特别想见你，所以一直往我房间里那个直拨电话号码上打电话。她的工作计划变了，一直在附近的一座城市里奔波，最后一天，终于回到凯宾斯基饭店，而你已经回了东京，我也终于回来了。不过，修理好电话却费了不少时间，直到泉要回罗马的前一天，我的电话才修好。也就在刚刚修好的时候，尖利的电话铃声响了起来，一个陌生的女子有些发怒的声音撞进我的耳朵。

"你是谁？"

泉好像认定接电话的一定是你，她非常遗憾地说："虽然只见过一面，但曾约好一块儿从容地吃一顿饭，可是，我明天就回去了。"

"那么，和我见见面也好呀。你现在在哪儿？我去接你。"

"凯宾斯基饭店大厅。"泉毫无戒备地说。

就这样，旅行的最后一夜，泉告别了一起工作的同事，和每天往那儿拨打的电话主人相会，一起吃了饭，然后被引诱到他的那个空虚的房间里，在无论是谁都会错过的小小的爱的间隙里躺下，完成了十分奇异的温柔的性关系。他说，恰好是这个时候，只是一日之差，就滑进了和泉的关系中。"这是托你的福，非常感谢。或者也不妨说，是托福于以前那次恋爱不可追回的遗憾。我想马上离开这座城市，和泉一起去罗马居住。"电子邮件的结尾这样写道。

读了这样的邮件，我的越出常规的联想，突然想到曾经吃过的西安的石榴。这次事件，可以说是我送给了他一个看不见的石榴。不只是给他，也送给了泉。

"你为什么盯着石榴，喜欢？拿回去好了，我不吃，这么麻烦的水果，没法让人产生吃它的心情。"

"可是那正是它的可爱之处呀。我用了三天时间终于吃完了一个，在桌子上，现在还像刚吃的时候那样放着做装饰，那层薄皮没有剥去。"

"真是一个另类女人。"

"是呀，是另类呀，所以才在这样的地方生活呀。"

用手指抚摩着熟得明天就会裂开、深红光泽的石榴皮，然后将它小心翼翼地放在手上，退出门来。关闭那个让我无缘由地喜欢、其实无趣也不可爱、甚至令人讨厌的男人的门的时候，我怀着能够发生黑巫术效果的期待，轻轻地用高跟鞋跟"砰"地踢了一脚。

回来后，把石榴里红宝石般的颗粒用指尖小心地挖出，一颗也不弄破，然后用舌头舔开，只吐出里面的硬核，这样直弄到深夜。为了预防留到明天的部分干燥，我把那层薄皮也小心地留了下来。

曾经写过以石榴为题的诗的，是瓦雷里？纪德？是谁来着？算了，即使想得起来，现在也没有什么用处了。这种水果最麻烦的地方是里面的颗粒没法预测。预想和结果的差距极大。有的尽管表皮得到光照红得鲜艳，里面的颗粒却是淡淡的粉色，一股自行车坐垫的味道；有的表皮带着茶褐色斑痕，好像还没成熟，形状也难看，但剥开一看，里面各房之间都藏着矿石般闪光的圆粒。如果是心脏，所谓的房，就像左心房、左心室似的均匀分开，了解那其中的结构，才可以很细心地品味。有时，留下那层薄皮不剥，可以有效防止从邻房开始的腐烂蔓延。卵巢的肿瘤细胞就是变质成这样的形状吧。哎，到了成年以后，很长的一段时间里，我还相信子宫有两个。没有比这样的女人想象的女体形象更贫乏的了吧。

但这个石榴却表里如一，完全如我所预料。不管东西是从谁那儿拿来的，好吃就是好吃。光泽鲜艳的表皮里面，一颗一颗圆粒都储存着略带苦味的浓郁甜汁。第二天晚上，我给那个男人打电话问：

"石榴，没有了吧？"

"那种东西，真的那么喜欢？想吃的话，还有一个，在厨房里。"

"我去拿行吗？"

"好呀，只要你想吃。我一会儿出门，什么时候方便，你随时来拿好了，像猫一样悄悄地来，别弄出响动。怎么进来，反正你清楚。"

"哼！"

当然清楚，从来都不锁门，混账东西！

过了一个多小时，我往那儿去。男人已经不在，门没有上锁，借助远处的街灯，光线暗淡，朦朦胧胧，我走到房间尽头那熟悉的厨房，像做贼的猫一样，踮着脚。

厨房窗子离外边的马路不远，寻找静物画般放在饭桌上的石榴是很容易的，我把比昨天那个石榴大了一圈的冰冷的果实抓到手中，慌张地准备离去。

哎，听到了鼾声。讨厌，原来在睡觉，怪不得叫我不要弄出响动。坏蛋！

好，我来逗逗他。

我悄悄地拐到走廊左侧，溜进了寝室。虽然看不清楚，但很敏捷地把那熟知的天蓝色毯子扯掉，一下子钻进被单里。

"啊！"

"呀！"

鼾声相似，但完全是另外一个人。当躺在床上也就三秒钟以后，感到了那呼吸的粗野。我一着急，石榴一下子滚到了地上。

"你，谁，小偷？"

"错了，刚才我被喊来，说是有一个工作，到明早必须干完，但我实在太困了，想先打个盹儿，三点钟的时候起来干，闹钟都上好了。"

"对不起，吵醒了你。"

面对同一床上的人，我的语气过于郑重，同时还本能地低下了头。

"可是，你是谁呀？"对方问。

没有开灯，只能看到他脸部的轮廓。

"我是他的朋友，昨天他送给我一个石榴，特好吃，所以又来拿剩下的一个。在厨房放着，他让我自己随便来拿。"

其实不管怎么辩解也说不清楚，有悄悄爬到床上的朋友吗？

"石榴，好吃吗？"

听声音，好像他也喜欢，看不见脸，我只能凭声音塑造对方。

"哼，绝品！"

"那石榴是我昨天从西安带来的，放在可以携带上飞机的挎包里费心带来，送给这个家伙的。"

"从西安带来的，西安有石榴？"

"嗯，院子里有石榴树。"

真好呀，小的时候，我家院子里也有石榴树。

不只是石榴，还有枇杷、百日红、丹桂、玉兰、棣棠、柳树，现在都哪里去了呢？

"你不知道？西安的石榴甜得有名呀。"

"我怎么能知道，我是外国人。"

"听你说话听得出来。"

"打开那个小灯好吗？"

"晃眼睛，稍微等会儿。"

"哎，住在这里的人什么时候回来？"

"明天早晨吧。"

"你们到底在干什么？"

"本周到了最后阶段，实在够受的，所以，连我也突然给叫来了。"

"是吗，真辛苦呀，那么，请继续睡吧。"

"又不是机器人，怎么能叫睡就睡，叫醒就醒？"

"那怎么办，干点儿什么？"

"是呀，吃石榴吧。"

这位面目不清、声音低沉的人，从床边桌上堆放得小山般高的稿纸里抽出几页，放在蓝色的毯子上。我的视力很好，习惯了暗淡的光线后，借助远处街灯的光，渐渐看清了屋内的一切。跳下床，大声惊叫着的时刻，找到了刚才滚落在地上的石榴。

在稿纸上，他运足了劲儿，用大拇指把石榴分成两半。嘴唇发出吸吮弄破的石榴流淌出来的汁液的声音。分开的另一半送到了我的鼻子前面，浓烈的甜味清新芬芳。我尖起嘴唇，像模仿似的，吸吮着对方手上的块体，接下来，男人突起鼻尖，只运动结实的颌骨，使劲儿咬了一大口。颗粒和汁液混合在嘴里，然后一口气往稿纸上吐了三十多个籽儿。稿纸和日本的原稿用纸不一样，像揩鼻涕纸那么薄，淡蓝色的毯子上不会留下污渍吗？我有些担心，然而自己也依葫芦画瓢，重新用鼻子探寻对方手上托着的半块石榴，大口一咬，不知为什么，只有浓缩炼乳佐料味道的果汁流进喉咙，籽核都一个一个地从尖起的嘴唇吐了出来，这方式很奇怪。男人笑了。

又一次送到我鼻尖的剩下的一口，这回没有咬好，嘴唇四周都染上了红色汁液。凝神一望，对方的眉目都可以看清楚了。是一位个头很高、面孔有棱角的男人。一笑起来，看得见眼睛四周浮现出亲切的皱纹。

他也看着我，又一次把已经没有果实可咬的石榴块送了过来，用一种严肃正经的神色，催促我全部吃光。这么粗嚼烂咽的吃法，以前从来没有过，需要三天才能做完的事情，不到三分钟就结束了。我故意弄出很大声响吸吮，用嘴唇舔。对方也一样，把自己的一半吃完了。

"男人和女人分吃一个石榴恐怕不是好兆头吧？"

"那怎么了，刚刚在黑灯影里相遇，今后也没有再见面的可能，这样的关系，说得上什么兆头？"

"这么说的话，也确实如此。"

这是一个间隙，我想。什么间隙，不清楚，人的一生中，有时会掉进去的窄窄的间隙。

虽然看不见，但像涂了口红的红唇，同样味道的唇，试探着轻轻接触，迷醉似的离开，再静静地贴合到一起。被石榴汁浸染得清香的唇和唇，和唇相连的喉咙与胃，分不清是你的还是我的，都漂浮在淡淡的黑暗里。一个不明来历的对象，只是一起吃了个石榴，如果说这就是爱，则未免有些可笑。虽然可笑，对肌肤接近、脸颊挨近过来的他，我也极想挨过去，永不分离。我们热烈地拥抱在一起，钻进毯子里。没有任何手腕、计谋、筹划、目的，白玉般的心地，很长一段时间里，专心致志地交媾。裸着身子，在不知其为何人的裸体旁，非常愉快，说起来像笑话一样。

"西安的石榴真甜。"

"对吧，甜吧。"

"是呀，还想再吃一个。"

"已经没有了，那是最后一个。"

"再带一个来嘛，从院子里摘。"

"今年已经没有了，明年的话没问题。"

"绝对。"

明年的这个时候，我还能来到这里吗？这个人还能找到机会把时鲜的石榴坐飞机带来吗？

不可能，这样一反驳，就又一次撒娇似的，把红潮涌起的脸颊，贴到那位如果冷静下来想甚至会令人发昏的陌生人的手臂上。脸蛋上浮现的刷子印，说是什么性感的闪光来着，很久以前的那个男友这么告诉过我。像是和他，我又一次和这个近在身旁但其实又距离遥远的身体，贪婪地进行石榴的交媾。

"你们干什么都可以，但是，就是不要在人家的床上吃东西！"

他是什么时候站在那里的？那个让人讨厌的男人，突然打开房间里的灯，然后走进厨房里。

两人厌恶地对视着，像在看很肮脏的东西。在石榴的情感激流中漂流的我一下子回到了现实，视线逼人。

"对不起。"

和这位直到现在才正面相向的人拉着手，像跑似的退了出来，确实像我想象的那样，让人喜欢的脸庞。不知为什么，一种吃亏的感觉，沿着街灯，我头也不回地向前走。

那一天，那个让人讨厌的男人把"西安的石榴"送给了我。是故意还是无心，我不知道。可是，我掉进了命运的间隙里，意外地获得了人生的一个小小奖赏。

在凯宾斯基饭店，泉和他的相遇，是我送给他的一个"西安的石榴"。为了你身边的某个人，在内心的某个角落，或者意识之外，觉得很好的话，行个什么方便，这就是"送给一个西安的石榴"。

那以后，我自己剩下了什么呢？这么一想，心里立刻产生了一种十分寂寞而又有些温暖的奇妙感觉。

附录　日本文学越境中国的时候
——茅野裕城子论

藤井省三

1. 近代日本文学与中国

自 19 世纪中叶至今，近一百五十年间，日本和中国以各自的方式，追随欧美诸国，建设国民国家。在东亚地区，两国是竞争对手；日清甲午战争以后，在近代化竞争中占了优势的日本，追随欧美殖民主义，向中国扩张，经过"九一八事变"，最后发展到全面的侵华战争。1911 年，清朝政府灭亡，"中华民国"建立，随后，文学革命运动兴起，国民革命展开，到了 20 世纪 30 年代，中华民国以惊人的速度在现代化的道路上突飞猛进，几乎追上了日本，但因随后而来的日中战争则逐渐衰弱，战争结束以后，则被社会主义的中华人民共和国所取代。

美国学者安德森（Benedict Anderson）曾把"国民"（Nation）定义为"作为心灵意象而被描绘出来的想象的政治共同体"，他具体解释说："无论多么小的国家的国民，作为其构成者，对自己的大多数同胞，既不了解，也没见过面，甚或听说都没听说过，即便如此，在他们每个人的心中，却都活动着共同的圣餐的意象。"[1]

安德森还一步指出了民族主义和出版资本主义的关系，论及出版语言和特定方言的结合。而社会语言学者李妍淑则把安德森的论述推进一步，解析了"国语"和民族主义的关系。她指出，日本的"国语"，是在明治日本国民国家建设完成、进而发展为殖民帝国的过程中，担负着支撑国家认同的作用而被创造出来的。沿着安德森的论述脉络，李妍淑阐述说："作为一个语言共同体的成员，即使他们从未见面或从未会话交谈，但却都怀着一个信念，即认为大家都在使用'一个'共同的语言。这种无法以经验一一确认的语言共有意识，和政治共同体一样，毫无疑问是历史的产物。'国民'政治共同体的想象和使用同一语言的语言共同体想象重合的时候，由想象受胎而生产的婴儿——'国语'（National Language）的身姿也便鲜明地显现了出来。"[2]

安德森和李妍淑明晰地分析了政治共同体和语言共同体的想象性形成过程。安德森还曾指出：文学，特别是小说，在出版资本主义中占有相当重要的位置。可以说，在出版把"读者同胞"联结起来，出版资本主义"赋予语言以新的固定性"的时候，特别是某一种"特定方言"也就是"国语……支配了出版语言的最终形态"的时候，最强有力地发挥作用的是文学的制度。

如果说国民国家和文学的关系密不可分，那么，日中两国的

[1]　安德森：《想象的共同体》，日文版，白石隆等译。
[2]　李妍淑：《国语思想》，岩波书店。

文学家们对邻国的诞生与成长抱有深切的关怀，就毫不为怪。且以夏目漱石（1867—1916）为例：

《草枕》（1906）的结尾，主人公那美和前夫告别的场所，恰是参加日俄战争的士兵出征"满洲"的火车发车站；《三四郎》（1908）的主人公三四郎是刚刚考入大学的新生，作品开头部分，他出现在东海道线的列车上，而和他邻座的女人，丈夫远赴大连工作，去后音信不明；另一邻座是一位老大爷，他的儿子在"那边"战死了，那边，就是旅顺。

《门》（1901）里，威胁着私奔的宗助和御米的，是御米的前夫安井，而他的所在，不是别处，正是"满洲"。《春分时节》（1912）的开头，技师森本留给一起借宿的大学生田川敬太郎一支奇怪的手杖然后离去，他去的地方是"满洲"的大连。

《明暗》（1916）曾连载于《朝日新闻》，因夏目漱石的去世而中途中断。作品中有一位社会主义者登场。作家赋予为主人公动痔疮手术的医生和这位社会主义者以相同的姓氏——"小林"，让这两位小林对主人公的肉体和心理的疾患进行解剖。社会主义者小林最后落魄离开东京，他所奔赴的地方，也同样是"满洲"。

置身那些在"满洲"失夫丧子的人们中间，三四郎却非常乐观地对他后来尊以为师的"广田先生"说："但是，从今以后，日本会不断地向前发展吧。"作家让广田先生这样回答了一句："可能灭亡呢。"后来的史实恰被这预言说中，自"九一八事变"发端，日本的侵华战争，最终导致广岛、长崎的原子弹和全国的一片焦土。可以说,"满洲"/中国是夏目漱石文学世界的一个重要主题。

再看另一位作家芥川龙之介(1892—1927)。1921年3月到4月,受《大阪每日新闻》(现在的《每日新闻》前身)的派遣,为纪实描写"春草般成长的新支那",他曾周游上海、南京、汉口、长沙和北京。在上海兴亚路76号,芥川访问了李汉俊(1890—1927),并倾听了李的"社会革命论"。自同年8月1日起连载的《上海游记》里,有对李的客厅的详细描写。李汉俊毕业于东京帝国大学,1920年与陈独秀等组织上海共产主义小组,1921年7月23日举行的中共"一大"会议上,他和毛泽东等12人作为代表参加。中共"一大"是在李的上海寓所的客厅召开的,芥川在会议召开三个月前,在这里进行了采访,会议开过翌月,他便把会场的情景悄悄地传达给了日本读者[1]。

芥川对古都北京格外迷恋,他说:"和北京的雄浑宏大相比,上海不过是个蛮市。"尽管如此,在自杀以前,他却对新感觉派的旗手横光利一(1898—1947)建议:"你一定要到上海看看。"横光利一听信了芥川的话,1928年4月到上海,后来完成了以"五卅事件"时期的上海为舞台的名作《上海》。1935年日本设立了芥川文学奖,而正如有的学者指出的那样:"昭和时期的日本文学向朝鲜半岛、中国大陆以及亚洲各地扩张,与芥川文学奖

---

[1]　参见单援朝《芥川龙之介在上海——与共产党代表人物李人杰的接触》,《日本的文学》第8集,1990年。

这一制度，呈现着密切关联的状态。"

在战后的作家中，可以举出武田泰淳（1912—1976）和高桥和巳（1931—1971）两位。武田在战前曾就读于东京帝国大学的"支那"文学科，日本战败投降时他正在上海，后以《审判》和《蝮蛇的后裔》登上战后文坛；高桥则在战后进入新制京都大学，随著名中国文学研究家吉川幸次郎（1904—1980）学习中国文学，后来成为母校讲坛上年轻的副教授，同时也是20世纪60年代日本文坛的代表作家。对于在美军占领下的战后日本人来说，中华人民共和国击退了日本的侵略，成功地实现了社会主义革命，是光辉耀眼的先进国家。

综上所述，中国，始终是近现代日本文学的一个重要主题。通过思考中国，认识日本的现实，确认作家自身的存在方式，这一文学方法，始终是日本近现代文学的一个重要潮流。如果借用日本的中国文学研究家、评论家竹内好（1910—1977）的话来说，应该称之为"以中国为方法"吧。可是，高桥和巳以后，却没有继续出现对中国抱有深切关心并以中国为文学主题的著名作家。20世纪70年代以后开始的改革开放带来了中国的经济发展，但那只唤起了日本人对中国经济的关心，像以往的那种对中国文学、思想的关切，却没有轻易地高涨起来。

进入20世纪80年代以后，随着中国寻根文学的登场，第五代电影的出现，日本文化界终于渐渐开始了对中国的深切关注。比如大江健三郎1994年2月在诺贝尔文学奖受奖讲演中，便举出中国作家莫言和郑义的名字，表示自己和他们有深深的共感。而到了90年代中期，在文学杂志《昴》上，茅野裕城子如彗星一样突然出现。

2. 资本主义的大都市和社会主义的首都

1995年11月，茅野裕城子获得《昴》杂志文学奖的时候，我正在北京。因为友人四方田犬彦（明治学院大学教授、文艺批评家）寒假要来，我们用传真联系有关事宜。四方田君传来的信上告诉我茅野获奖消息，我便请托《昴》编辑部的朋友把刊载茅野获奖作品的那期杂志寄来。随后，四方田君来到北京，发挥他的"神侃"天才，对只不过是茅野作品的一个读者的我，讲述了关于这位女作家的种种传说。她在青山学院（东京有名的教会大学）读书期间，被选为校花，后来做和服模特，志向是成为电影演员。从电影节的开幕式，到日本文化交流基金举行的晚会，每晚，东京各类晚会上，都有她身着和服的身影。她曾从作家中上健次（1946—1992）那里获得文学指导，而在前往纽约巴黎的旅途中，不知为什么住到了北京……

茅野裕城子自己在获奖后接受采访时也说："对社会主义国家，以前我毫无关心。那时我认为，自己大概绝对不会去中国的。1991年漫无目的去旅行，竟被中国这一巨大的存在所震惊。那么多人口，从中华思想自我中心而产生的强烈自尊心……我自己生活成长的世界，我至今看到的世界，和现在的中国的差异，几乎可以说处于两极。比美国、欧洲更遥远，无论是价值观还是其他，全都不同。我很想知道，为什么会如此不同？日本人心目中的中国，和中国人心目中的中国，有很大的距离，为什么呢？这也是我很想知道的。"[1] 一个熟知东京、巴黎、纽约等位于发达资本主义最顶端的大都市的 30 岁左右的女性，在偶然访问了社会主义国家的首都之后受到了很大冲击，自己熟知的那些都市和北京之间为什么会有如此深广的鸿沟？她决定追问清楚。茅野所叙述的，大概就是这样一个过程吧。可是，这位"没有任何理想，随随便便率性生活着"的原青山学院校花，"住在纽约、借宿于巴黎朋友的公寓或短期停留旧金山"的时候，其实已经萌生了对中国的关心。一同收入本书，发表日期早于《韩素音的月亮》的两篇小说，让我做出了这样的推测。

《蝙蝠》发表于《昴》杂志 1989 年 9 月号，小说的主人公是两位在南美长大的东方血统的青年。出生于圣保罗的韩裔人婕斯来到纽约，和哥伦比亚出生的华裔瑞秀相识，然后寄住在她的公寓里。在所谓"人种的熔炉"纽约，近些年来华裔和韩裔的移民急速增长。这两人便是其中的成员。"要成为作家！"是瑞秀"这个在加尔各答黑尼亚度过少女时代的中国姑娘的空洞的人生设计"；她性情"马虎而果断"，满怀信心地生活着。而韩国裔的婕斯则恰恰相反，她本来想成为设计师，但来到纽约后，却始终惶惑不

---

[1] 茅野裕城子：《〈昴〉文学奖受奖者访谈》，《昴》1995 年 11 月号。

安，"我不知道自己从哪里来"。两个人的精神落差，又掺和进一位姓李的浪荡公子，他出生于首尔，留学波士顿，正在调查世界各地的韩国移民。李的加入使三人之间产生错综的三角关系。当婕斯冲动地恳求瑞秀让她看看乳房的时候，意味着这种关系在她意识中的明晰化。"小小的但结实坚挺的乳房上，鲜红的乳头挑逗式地颤动着……从中心处那一点点红散发出来的波长特殊的光线，让婕斯的心受到疼痛的一击。我服了你了。她叹息着想……毫无疑问，瑞秀是一个上等的中国姑娘。"两位同住在纽约的东方姑娘，韩裔仰视着华裔，这种构图，可以说，其实是作家自身关注中国的视线的投影。

《淡交》发表于《昴》1990 年 5 月号，主人公"我"是在加利福尼亚出生长大的日裔三世少女，父母亲在太平洋战争中都被强制送进"苹果园"收容所，后来父亲作为日裔部队的一员在欧洲作战。童年时候，面对白人孩子的欺负，"我下决心一定要长成'一个出类拔萃的日裔女孩'，让谁也不能欺负"，"我""直感到，被大家喜欢，受大家宠爱，比什么都好"。现在"我"和一个叫鲍勃的白人住在东京。鲍勃出生于弗吉尼亚，是参加越南战争的最后一代，后在 UCLA 学习美术史，现在在亚洲各国收购陶器和瓷器。一天，在一家外国人医院，"我"和一位华裔青年相识，这位青年在日本出生长大，后来一直住在伦敦，也到过旧金山，他说"我"和他过去的一位日裔朋友长得很像，两人因此而成为好友，但他却一直拒绝"我"的超越一般朋友关系的愿望。

这篇作品，以和纽约类似的国际化都市东京为舞台，重复了亚裔人仰视华裔的构图。

如果比照一下曼哈顿唐人街非法移民们被残酷驱使的现实，《蝙蝠》和《淡交》所叙述的东方女性故事，恐怕难免让人产生这样的印象：这不过是虚幻的童话。纽约州法规定一个工时的最低工资为 4.5 美元，但说不好英语的非法移民者们，实际上的劳动所得是这规定的一半以下。即便如此，也应该说，这两篇作品，鲜活地传达了移居东京和纽约的"少数民族"心情的一端。《淡交》结尾部分，主人公"我"在东京找到了工作，决定和转往首尔的鲍勃分手，自己留在这座城市时，她喃喃自语："我所居住的世界，是飞机场里拥挤的咖啡厅，别人都拿着确定了目的地的登机牌，在这里匆匆度过短暂时光，唯独我没有票。"

越过国境之后的青年面临着认同（identity）危机，以上的话语，典型述说了这危机以及由此而来的不安。而这不安，难道不也是在放浪欧美的路上度过青春的作家茅野裕城子自身的心情吗？

3. 越境与认同危机

接下来该说《韩素音的月亮》，这是茅野裕城子五年前发表的作品。小说主人公园子已经不是在异乡度过不安青春的女性。天涯孤旅，但同时享受着优雅的遗产继承者生活，面对男人的时候，则会"变成一个纯粹的欲望体"。她既成熟又幼稚。漫游世界，随从单纯的欲望任情享受爱情，她就是那种所谓饱餐发达资本主义社会最香甜部分，满足于快乐消费的女性。

　　就是这样一个园子，因为在中国留学研究陶瓷的韩国朋友金的邀请，"想也没想，就上了飞机"，到达二月的北京，故事也就从这里开始。粗通汉语的金，成了对中国一无所知的园子的最好解说者。到了金留学的学校，一个让人觉得像是北京民族学院的地方，听金介绍这里的人们，"从恋爱、性交、个人的私生活，甚至一直到死，都在一个单位里完结"，园子惊愕不已。傍晚，看到去餐厅的人们都提着暖水瓶，她又发出了这样素朴的疑问："为啥不在自己的房间里烧水泥？"翌日，园子跟着金走进一个"艺术家沙龙"集会的时候，按照资本主义式的思路，园子颇觉踌躇，"现今时代，自称艺术家，开沙龙，按一般感觉，是让人害羞，做不来的。"而在这当儿，一位对她一见钟情的导演约她明日相会，后来，经过中文汉字和日文汉字阴差阳错的笔谈，两人上床。

　　返回巴黎之前，园子曾向金诉说自己的困惑："'甚至那些所谓知识分子也不会英语，这是为什么呢？'……可是到了这儿之后我竟然好像离不开了，这到底是怎么回事儿呢？真是越搞越糊涂了。"这是日本、韩国以及欧美人最初体验中国时共有的典型悲鸣，金的回答，则是曾经生活在资本主义社会里的人，刚刚越过这种文化冲击之后的感慨："我刚住下的时候和你的感觉一样啊。可是，渐渐我觉得，是不是我们自己的世界所规定的东西有偏颇呢？这儿的人们，虽然和重视最漂亮最时新最香甜的我们处于相同的时间里，却是以完全不同的方式生活过来的。"

北京的导演请人代写的英文情书传真到巴黎的公寓，园子再次来到北京。因为金去西安调查，园子得以住进金苦心寻找到的宾馆公寓房间，和导演的关系也接续如前，从金那里借来的电子翻译词典帮了大忙。性交过程中男人突然起身去查汉字笔画，在翻译词典上按出一个"孕"字的场面，肯定会让读者忍俊不禁吧。

导演请园子去实验剧场看《白毛女》的演出。如众所知，这是"人民艺术"的代表作，20世纪40年代在延安根据民间传说改编成歌剧，后来又排成芭蕾舞。现在，导演则用新的手法重新排演。《白毛女》虽然是宣传剧，同时却潜藏着死与再生的神话式结构，也可说是一个认同危机的故事。看到"她（白毛女）一个劲儿地跳舞，舞着舞着，头发变白了……背景音乐的歌剧曲调仍然在流动"，园子感动得几乎喘不出气来。演出后经人介绍园子认识了女主角，她说园子长得漂亮，"好像不是日本人"。这让人说不上夸赞还是挖苦的寒暄，使园子醒悟到：在中国你身为外国人本身就吃亏，身为日本的女人，就更吃亏了。因为曾被"面的"司机误认为是新疆维吾尔族人或哈萨克族人，园子便开始模仿哈萨克族人的动作，使用刚刚学到的中国话在北京城里游逛。发达资本主义社会娇生惯养的女性，就这样，转向对人民共和国的少数民族的认同。

　　而就在这时，园子看到了根据韩素音原作改编的电影《生死恋》，并产生了新的认识。这是园子少女时代最喜欢的电影。"少女时代的我，曾经想努力贴近 Suyin 这位女性的心理，但事实上，最终还是从那个因采访而死在朝鲜战场上的美国记者的视点来看这部电影。可是，现在呢，我的关心，却都集中到 Suyin 这位混血女医生身上了。"

　　韩素音是以《伤残的树》等五部长篇自传体小说而知名的女作家。其父亲是四川省一个地主的儿子，曾留学比利时学习铺设铁路技术，后与当地的姑娘结婚并一起回国。韩素音出生于北京，就读于燕京大学，后到布鲁塞尔自由大学学习医学，1938年与国民党一位军官结婚，不久因丈夫赴任驻英使馆而到伦敦，在那里学完医学课程，但后来两人离婚。1949年韩素音在香港一家医院工作，小说《生死恋》就是根据那时的经验创作的。她成为世界著名的华裔作家，同时也起到了中华人民共和国文化发言人的作用，1965年以后几乎每年都到北京会见共产党的领导人，还曾写过《赤潮：毛泽东与中国革命》（1972）等宣传性的文字。陈若曦的短篇小说《耿尔在北京》里，曾插入一个"文革"期间韩素音受到厚待的讽刺性片段。

　　这些姑且不说，而贯穿韩素音自传小说的基本主题，是欧亚混血儿的认同问题。《生死恋》曾是园子少女时代最喜欢的电影，这次却看出了新内涵。从《白毛女》中读出认同危机故事的她，从 Han suyin（电影中女主人公的名字）的悲恋故事中，敏锐地嗅出了超越了人种、国界的爱情和身份认同的相克。

于是，园子虽然在导演的怀抱中，内心却已经宣告和他分手："（《生死恋》和《白毛女》）两个完全不一样的故事，终究还是有共同点……这两个作品的结尾，都描写了女人绝对孤独的生活……那么我呢，也是从打和你相识，就被推进了从未经历过的绝对孤独之中。"

应该说，这已经不是安于资本主义社会快乐的天真消费者的话语了。这是经受了中国的冲击，特别是经过和语言、价值观不同的中国男性的恋爱，终于省悟到自己主体认同的薄弱的女性，转而成为理性的探求者的宣言。园子开始了思考和行动，她将以人民共和国为线索去解明资本主义快乐消费的结构。这意味着她由幼稚的快乐消费者走向主体个性的成熟。而确立了主体性、获得了探求认同方法的园子，似乎不会像韩裔的婕斯或日裔的"我"那样软弱地恸哭，毋宁说，作为资本主义社会快乐消费的日本人的园子已经死去，她扮着人民共和国少数民族的模样，果敢地开始了寻求再生契机的行动。而促她再生、帮助她获得新的认同的恋人，则像《白毛女》中的共产党军队的战士一样出现，小说在暗示性地写到这一点时结束。

4. 越境的方法，越境的意义

茅野裕城子出现的意义，决不限于近代日本文学以中国为主题的传统复活，她所欲叙述的是越境中国的故事，通过越境使自己相对化，使新的认同的探求方法化。

已经进入国民国家体制成熟期的日本和欧美，以往仅仅以一个国家为单位的国民市场正在急速地"国际化"，随之而来的大规模跨越国境的移动，极大地激活了人们对国民国家形成之前历史状况的想象。曾经参与了国民国家想象的文学，现在，则在促动读者思考越境的意义。越境行为使旧有的认同废弃，要求新的认同形成；而所谓现代的文学，就是开始向读者叙述这一行为的破坏性与创造性的文学。

在日本国内，有在日朝鲜、韩国人作家李恢成、柳美里，来自欧美的利比英雄、德比特等活跃在文坛；移住海外从事文学的日本作家则有多和田叶子等多人。不过，至今为止，国际化时代的日本移民文学，都集中在欧美，茅野裕城子的出现，则填补了中国地区的空白。

本来，资本与市场的国际化，就带来了对旧有国民市场体制的巨大冲击，而人员的大流动也使许多摩擦产生。自近代以来有着如此密切而复杂的历史关系的日中之间，冲突和摩擦就更为显著。"是不是我们自己的世界所规定的东西有偏颇呢？……重视最漂亮最时新最香甜的我们处于相同的时间里，却是以完全不同的方式生活过来的。"《韩素音的月亮》里的这段对话，如果当作对曾经尝试以和日韩欧美不同的方式建成国民国家、现在又面临急剧而来的国际化考验的人民共和国的新发现来理解，应该是切当的。

茅野裕城子自述经历说："我生活于东京和北京。"这意味着北京不仅是她旅途的观光景点，实际上成了她置身其中的生活空间。《韩素音的月亮》里的主人公则说："既然我已经被卷进了这个世界，在这两个国度之间，究竟发生了什么，为什么会误解不断，我有自己观察的责任。"这和作者自身的决心也是相通的吧。世界的全球化现象促生了日本作家新的越境方法，而那新的越境体验，又使近代日本文学传统接续上了新的越境文学。

1936 年鲁迅去世，在葬礼扶灵的青年文学家中，巴金、胡风、黄源、聂绀弩四人或曾留学日本，或有过在日本居住的经历，这现象意味深长。鲁迅本人留学日本长达 7 年，曾从他所处时代的日本文学中汲取营养。60 多年前鲁迅葬礼上的这一片段，生动而雄辩地说明了日本文学和中国文学交流的深度，和那传统的深厚。现在，茅野裕城子的小说集翻译成中文出版，可以说这是茅野文学的幸运。而从这里，我们可以看到日中两国文学相互越境的现状。

译后记

　　日本当代女作家茅野裕城子的小说集《韩素音的月亮》中文译本初版于1998年12月，倏忽之间已在20多年之前。难怪此次新版，作家本人会担心：现在的中国年轻读者会怎样读这本书，怎样理解小说里写到的北京的风物和人情？

　　用作小说集名字的《韩素音的月亮》，是茅野的成名作，也是其代表作，最初发表于文学杂志《昴》（すばる）1995年第11期，并在同年获得了《昴》文学奖。那时我已经结束了留学生活回国工作，无论专业关心的范围还是当时的阅读条件，都不会立刻感知到日本文坛的新动向，我是从来北京访问研究的藤井省三教授那里得知这位青年女作家的出现的。在日本的中国现代文学研究界，像藤井教授这样热切关注中日当代文学写作现状的学者并不很多，我至今还记得他讲述茅野裕城子其人其作时的兴奋神情，读了他为《韩素音的月亮》所写的评论，更理解了他的关心所在。在藤井教授看来，茅野的小说接续了日本近现代文学的一个几近中断的中国主题，且在新的全球化帷幕开启之际，写出了别具风格的一页。

　　我和留学时期的同学金海曙等朋友商议翻译茅野的小说则另有用意。我们觉得中国的日本文学翻译过于集中在经典作家，现在也许到了介绍同时代作家写作状况的时候，加之《韩素音的月亮》以当下中国生活为表现对象，应该能够引起更多关注。我们的想法得到了作家出版社编辑那耘先生的积极支持，接下来需要解决的是著作权授权。那时中国加入《保护文学和艺术作品伯尔尼公约》不久，出版社对海外版权交涉经验不多，咨询了藤井教授，得知原作著作权既在作家本人，也在出版社。我们不知道作家的联系方式，便草拟了翻译出版的协议书，寄到茅野小说日文版的出版者——集英社。寄去的协议当然不合"国际规范"，双方书信往返切磋，都需我居间联络，费了几个月功夫，搞得很累，协议终于签字。当看到协议书上甲方之一的作家名下的地址，居然写着北京市海淀区上地的一个小区，我们顿觉哭笑不得。如果早知道作家住在北京，何必如此大费周折？

　　但不了解茅野在北京的行迹者，可能只是我们这些翻译者或研究者。从王朔1998年11月为《韩素音的月亮》写的序言看，在此之前，他们这些有意疏离主流文坛的文学家已经混得很熟。王朔的序言一如他一贯的风格，在嘲讽调侃的语调中不时发出警策之句，其读法也和藤井教授明显不同，他把茅野径直横移到中国女性作家的谱系里，说她"有点像中国一些年轻女作家新起的棉棉、周洁如什么的，比程青感性一点，比陈染（这不是新秀这是腕儿）直白一点，比老张爱玲那强得不是一点半点"。王朔的说法总会招致异议，他的阅读方式却很耐人寻味。

《韩素音的月亮》中文版出版后，曾在人天书店举办过小型座谈会，已经离开北京的茅野专程赶来，莫言、余华、刘毅然、卢跃刚等作家都来参会。莫言最为郑重其事，专门写了发言稿，开头就说："茅野女士的小说，大概可以归类到女性私人小说里去。20世纪90年代以来，这种样式的小说很流行。好像还有一个响亮的口号：用身体写作。"这当然说的也是1990年代中国文坛的现象。不过莫言更多着眼于茅野小说与中国"女性私人小说"的区别，认为"中国的年轻女作家的小说里，充满了对男人的不信任、嘲弄，甚至是仇恨，但茅野的小说里有很多对男人的宽容和温情，她起码没有把男女关系写成一种交易。她的小说充满了一种傻乎乎的爱心。这样的爱心会让男人感动"。莫言还把《韩素音的月亮》和当时正在中国流行的法国作家玛丽·达里厄塞克的《母猪女郎》进行比较，认为茅野的小说要"温柔得多"，由此他说："茅野女士的小说就是一只蝴蝶，一只美丽的蝴蝶。"

2001年11月，集英社为《韩素音的月亮》出版了小型便携的文库本，王朔的中文版序和莫言的发言都由藤井省三教授译为日文收入其中。日本的读者读了这些文字，是否会对《韩素音的月亮》产生陌生之感？不得而知，但经过跨语言的游走，重返日语世界的茅野小说的文本形态发生了如此变异，则可说是一个意蕴深长的现象。

以上都是往事，作为译者亦不免思之惘然，但周小云女士一直念兹在兹，不断向出版界朋友推荐这部作品，广西师范大学出版社的多马先生慷慨决断，杨广恩先生悉心安排，刘震云先生拨冗作序，终于促成了此次新版的刊行，这些都是特别令人感念的。最后需要说明，本次新版增加了一篇《西安的石榴》，选自作家的同名小说集（集英社，2004），希望有助于读者了解作家在《韩素音的月亮》之后的探索足迹。

王中忱

2019 年 9 月